Kay Tyrak

Ausbruch. Bijeg.

© 2018 Kay Tyrak

Autor: Kay Tyrak

Umschlaggestaltung, Illustration:
I. Brümann (Foto), E. Itzenga (Cover-Design)

Verlag: tredition GmbH, Hamburg
ISBN Taschenbuch: 978-3-7469-0437-5
ISBN Hardcover: 978-3-7469-0438-2
ISBN e-Book: 978-3-7469-0439-9
Printed in Germany

Grundgesetz der Bundesrepublik Deutschland

Die Grundrechte

Artikel 2

Absatz 2

Jeder hat das Recht auf Leben und körperliche Unversehrtheit. Die Freiheit der Person ist unverletzlich. In diese Rechte darf nur auf Grund eines Gesetzes eingegriffen werden.

1

Ein harter Plastiksitz, ein kleiner Schlitz zum Rausgucken, zu wenig Platz, um meine Beine auszustrecken. Mit einem Gefangenenbus fahren sie mich und andere in den nächsten Knast. Den Ort, an dem ich die nächsten Jahre sitzen soll. Seit Stunden bin ich hier. Eine Klimaanlage bläst frische Luft herein und dennoch hängt jede Blähung wie Kleister in der Luft. Mein Arsch fängt an einzuschlafen, meine Muskeln wollen sich bewegen. Ich starre auf die Wand mir gegenüber. Unten stoßen meine Füße dagegen. Ich balle meine Hände zu Fäusten, schlage in meine Handflächen. Aber eigentlich will ich sie auf die Wand krachen lassen. Will spüren, wie meine Knochen den Widerstand der Wand versuchen zu brechen. Der Schmerz würde mir durch den Arm direkt in die Schulter ziehen. Das Krachen würde einen Moment körperlich zu spüren sein. Es wäre schnell vorbei, zu schnell. Ich balle meine Hände zu Fäusten und schlage auf meine Handflächen, immer wieder. Starre auf die Wand mir gegenüber. Ich ringe den Drang nieder, dagegen zu schlagen.

Die Fahrt wird unterbrochen. Der Bus fährt durch ein Tor, über einen Innenhof in eine Schleuse. Der Bullige schließt auf: „Wir verbringen hier die Nacht und fahren morgen zum Bestimmungsort weiter." Ich nicke. Der Bullige ist irgendein Schließer, der schon dafür gesorgt hat, dass ich in diesem Kackbus gelandet bin. Er ist kleiner als ich, vielleicht 1,75. Hat ein eckiges Gesicht, kurze Haare, eine Boxernase und kleine, stechende Augen. Darf ich nicht unterschätzen. Er wirkt träge, aber vielleicht bekommt er alles mit. Seine Ärmel sind hochgekrempelt. Seine Arme sind behaart wie bei einem Affen. Bulliger Affe. Ich gehe hinter ihm her, in der Hand eine Tüte mit dem Nötigsten.

Ein Knast sieht aus wie der andere: Hohe Mauern, Stacheldraht, vergitterte Fenster. Austauschbar. Wie die Schließer. Alle gleich. „Schneller", blökt der Dünne, der schon auf uns wartet. Das spitze Kinn, die Hakennase, kalte Augen. Ich drehe mich zu ihm um. Er hebt den Schlagstock. „Geh schneller." Er versucht mich mit seinem Blick zu beherrschen. Pisser. Ich schaue wieder geradeaus und gehe weiter. Der Dünne denkt, er sei böse, mächtig, gefährlich. Arroganter Arsch, das macht dich angreifbar. Die Fresse würde ich Dir gerne zu Brei schlagen, das wäre es dann mit dir gewesen. Der Bullige ist anders. Gefährlich. Überlegen. Wie ein fetter Berg steht er da. Ruhig und beobachtet. Er hat Kraft in sich. Einer, den man nicht unterschätzen darf.

„Ko si ti? Wer bist du?" – „Ivo." – „Ko si ti?" – „Ivo." – „Wer bist du, hab' ich gefragt?" Er brüllt mich an. Sein Speichel trifft mein Gesicht. „Ivo." – „Du bist'n Scheiß. Govno. `N Scheiß. Und du gehörst mir. Du bist einfach nur'n Scheiß, hast du das kapiert?" – „Da. Ja." – „Hast du das kapiert?" Er brüllt direkt in mein Gehör. Ich spüre seine nassen Lippen an meinem Ohr. Speicheltropfen treffen mich auf der Wange, dem Hals. Seine Stimme ist

so laut, dass es schmerzt. „Da, Marko." – „Was bedeutet das? Hä?" – „Dass ich..." – „Was bedeutet das?" Seine Stimme überschlägt sich fast. Er brüllt groß, mächtig, wütend, gewaltig. Seine Pranke krallt sich in meine Haare und drückt meinen Kopf weiter runter. „Ich tu's." – „Was?" – „Ich besorg' den Wagen." – „Wann?" – „Gleich morgen." – „Wann?" – „Gleich heute. Gleich." – „Dobro. Gut."

Eine kleine Handbewegung und Dan lässt meine Arme los. Ich kann mich kaum bewegen, meine Arme fühlen sich taub und blutleer an. Ich hasse ihn. Ihn und Marko. Dan - Markos Schläger, seine Faust. Schon ewig ist er seine Faust, solange ich denken kann.

Dan - wenn ich Dich wieder sehe, trete ich dir in die Fresse. Ich will nicht mit dir reden oder so'n Scheiß – ich will einfach nur, dass du Schmerzen hast. Ich will sehen, wie dir das Blut aus der Nase läuft. Wie du dich auf dem Boden krümmst und dir den Bauch hältst. Ich will, dass du mich anflehst aufzuhören. Du sollst so schlimme Schmerzen haben, dass du deinen Namen nicht mehr weißt. Ich will, dass du blutest und schreist. Und ich will das Geräusch von brechenden Knochen hören. Gezielte, wütende Tritte auf Dan, der am Boden liegt. Dann das Knacken der Knochen, gekrönt von einem hilflosen, ohnmächtigen, am Boden zerstörten Schrei. Laut. Ein Schrei, der in meinen Ohren dröhnt. Meine kurze Rache.

Wir kommen in einer Zelle an. „Hier ist ihr Haftraum für diese Nacht. Essen bekommen sie in einer halben Stunde. Wir fahren morgen früh gegen zehn Uhr weiter. Wecken morgen gegen 7 Uhr, Frühstück auf'm Haftraum."

Er geht und schließt die Zellentür. Die schwere Tür knallt in ihre Umrandung, ein Riegel wird vorgeschoben, ein Schlüssel dreht sich. Bald schon kommt das sogenannte Abendbrot – Brote mit irgendeinem Scheiß.

Danach Stille. Ich schaue mich um. Ein Haftraum. Zatvorske ćelije. So nennen sie diesen Dreck. Klingt fast höflich. Haftraum. Zelle. Mehr ist es nicht – eine kleine, dreckige Zelle. Dreckszelle – das sollten sie sagen, dann wären sie ehrlich. Ich lege mich in der Dreckszelle auf das Bett. Es quietscht und ist extrem unbequem. Meine Augen suchen das Fenster. Das letzte Licht des Tages fällt herein. Durch die blaugrauen Wände wirkt es kalt. Kälte macht mir nichts aus. Ist das alles, was ihr habt? Ein bisschen kaltes Licht? Deutsche! Buba schwaba! Ich schließe die Augen. Zoran, ich denke an dich. Wenn ich hier rauskomme werde ich dich besuchen. Du feiger Arsch.

Die abgeblätterte Farbe an der Decke, die abgestandene Luft, das Klo an der Wand, die alten Möbel – es ist mir scheißegal. Ich denke an Zoran. Der Arsch. Drkadžija - Wichser. Dein Gesicht würde ich gerne in dieses Klo drücken, dein Blut auf dem Grau der Wand verschmieren, deinen schlaffen Körper in die Ecke werfen. Zoran. Izdajnik - Verräter. Ich hasse dich. Dich und deinen Plan.

Dich und dein Gelaber. Zoran, du Arschloch. Šupak.

Irgendwann schlafe ich ein.

Das alte Gerichtsgebäude wurde scheinbar vor ein paar Jahren saniert. Der Verhandlungsraum – groß, hell, nüchtern. Ein großer Tisch für den Richter, kleinere über Eck für die Staatsanwaltschaft und meinen Anwalt, Stühle in braun mit grünem Polster.

„...Der Tathergang ist wie folgt zusammengefasst: ...“

Der Richter trägt eine Brille, ist extrem dünn und groß und hat ein Gesicht wie ein Geier. Er schaut mich an, als er das Urteil verkündet. Er sucht in meinem Gesicht nach einer Reaktion. Bekommen tut er sie nicht. Nichts bekommt er von mir. Kurvin sine - Hurensohn. „...gemeinschaftlich sind sie in das Haus des Geschädigten eingedrungen...“ Regungslos lasse ich den Schwall von Scheiße über mich ergehen. Es ist mir egal. Er will über mich richten. Pisser, du richtest nicht über mich. Niemand tut das. Du denkst, du kannst mich erreichen mit deinem Scheiß über Gerechtigkeit und Sühne. Ich saß schon so oft als Kind in der Kirche und habe das über mich ergehen lassen, das ist hier doch nicht anders. Nur, dass du nicht mit dem Fegefeuer drohst, sondern mit einer pissigen Haftstrafe. „...nachdem sie mit einem schweren Schlagwerkzeug auf den Geschädigten eingeschlagen haben, sind sie auf seinen Brustkorb ge-

sprungen und sind mehrmals auf und nieder..."
Denkt ihr Spinner, das schüchtere mich ein? Oh,
oh, jetzt hab' ich aber Angst gekriegt. `Ne Haftstra-
fe – wie unerwartet. Als ob ich da nicht mit gerech-
net hätte. Ich stelle mir den Geier vor, wie er über
mir kreist und mich reißen will. Er will mein Herz
fressen, aber was er bekommt ist meine Kacke,
sonst nichts. „...Mehrere Tage haben sie sich im
Haus der Geschädigten vor der Polizei verborgen
gehalten und haben..." Ich muss unvermittelt lä-
cheln bei der Vorstellung, wie sich der Richter über
einen großen Kackhaufen von mir hermacht.

Sofort zieht der Richter eine Augenbraue hoch,
mein Anwalt stößt mich mit dem Ellenbogen an.
Ich kleide mein Gesicht wieder in eine undurch-
dringliche Maske. Što ti gledaš? Was glotzt du so?
Scheiß Richter. Er soll nichts von mir bekommen.
„...Nachdem sie der Geschädigten die Hand mit
einer Axt, die sie im Keller des Hauses gefunden
haben, abgetrennt hatten, gingen sie in die Küche
und..."

Irgendwann ist es vorbei. Alle erheben sich, die
Bullen kommen und bringen mich weg. Mein An-
walt sagt noch, dass er Berufung einlegt. Ich nicke.
Soll er doch. Ihr bekommt nichts von mir. Ihr be-
kommt gar nichts. „...verurteile ich Sie zu 13 Jah-
ren Haft. Die Haftstrafe ist sofort anzutreten. Zur
Begründung..."

Um zehn Uhr am nächsten Tag geht es weiter.
In den nächsten Knast. Alles nach Plan. Wie ein
Uhrwerk. Die Deutschen. Machen alles nach Plan.

Macht unflexibel, habe ich gehört. Sie möchten so alles kontrollieren, denken sie. Andere machen ihnen Angst. Weil sie selber keine Stärke, keine Ehre besitzen, sondern nur dieses Kontrollieren, Aufschreiben, Abhaken. Wir machen ihnen Angst: Männer mit Mut und Kraft in den Adern. Männer wie Löwen. Lavovi. Ich mache ihnen Angst. Deshalb sind sie vorsichtig und beobachten, schreiben auf, reden, tauschen Blicke aus.

2

Ein Knast. Sieht aus wie alle Knäste. Graue lange Gänge. Es geht zur Aufnahme. Wir sind zu dritt. Ich mustere die anderen.

Der eine hat lange Haare, eine breite Nase und einen fetten Bauch wie Marko. Seine Arme und der Hals sind komplett tätowiert. Drachen, Streitäxte, Höllenhunde, `ne Nackte auf 'ner Harley.

Der andere sieht aus wie ein Windhund: Spitzes Gesicht, kleine, kalte Augen, gibt sich betont lässig, ist aber angespannt. Man erkennt es an seiner Halsmuskulatur, einem Zucken der Augen und seinem Adamsapfel, der rauf und runter hüpft.

Der Fette glotzt mich an, dann nickt er kurz. Ich erwidere.

Den Windhund nehmen wir beide nicht ernst. Körperlich sind wir ihm überlegen. Aber auch sonst. Der Hund wird im Knast leiden. Er wird ein guter Fußabtreter sein. Vielleicht kann ich ihn zu irgendwas gebrauchen.

Der Fette wird eine Gruppe um sich scharen oder sich einer anschließen. Er ist ein Anführer. Einer, dem man nicht widerspricht. Wahrscheinlich macht er hier drinnen das, was er auch draußen gemacht hat. Vielleicht führt er auch seine Geschäfte von hier weiter. Wie auch immer – nach seiner Strafe kommt er nahezu wie heute wieder raus. Der Hund nicht – er wird verändert sein. Nicht geläutert – er spielt und hat einmal verloren, kein Grund aufzuhören, sondern von vorne zu beginnen und mit neuem Einsatz einen höheren Gewinn zu erzielen. Er wird versuchen nicht mehr im Knast zu landen. Besser aufpassen, listig durch die Maschen zu schlüpfen. Er wird es dennoch nicht schaffen – er ist zu angespannt. Er macht irgendwann wieder einen Fehler und ist wieder hier. Aber da hat er noch nicht mal die ersten Jahre verdaut. Der zweite Knastaufenthalt wird ihm das Gefühl geben ein Verlierer zu sein. Während er sich beim ersten Mal noch eingeredet hat, es sei cool und gehöre dazu, wird er sich das zweite Mal nicht schön reden können. Sollte er ein drittes Mal kommen, ist es mit ihm vorbei. Er packt das nicht.

Der Fette weiß, dass er immer wieder hier landet. Dieses Wissen ist seine Versicherung. Gibt ihm Gelassenheit. Die Frage ist nur, für welches Delikt kommt er wieder. Hat er es sogar geschafft seine Leute so um sich zu versammeln, dass sie ihm einen Teil seiner Schuld abnehmen?

3

Zoran, der Arsch. Verrät mich. Zoran. Du. Arsch. Du solltest hier stehen. Zwischen Fischgesicht und Oberwichser. Der eine riecht nach Schweiß und Zigaretten. Er ist fett, kann wahrscheinlich keine zehn Schritte mehr rennen. Der andere ist groß und dünn und muskulös. Strahlt überlegene Lässigkeit aus.

Sei alles kein Problem, hast du gesagt. Die Bullen würden nie jemanden fassen – außer Nigger und Polacken. Und dann bist du gerannt. Um dein Leben. Und du hattest Glück – sie liefen hinter mir her, du konntest entkommen. Wenn ich hier rauskomme mache ich dich platt.

Fischgesicht und Oberwichser bringen mich in ein kleines, schlichtes Büro.

Weiße Wände, zwei Aktenschränke, ein Schreibtisch. Lampe, Monitor, Aktenstapel, Foto, Telefon. Dahinter ein Mann mittleren Alters. Untersetzt, rundes Gesicht, kurze, dunkle Haare, Schnurrbart, Brille.

„Tag, Herr Branković. Mein Name ist Tripke. Bitte setzen Sie sich." Ich setze mich ihm gegenüber auf einen dieser ungemütlichen Stühle, die in jedem Amt der Welt stehen. Aus Plastik oder Holz, Metallgestell, ein dünnes Sitzkissen. Das soll Gemütlichkeit suggerieren, tut es aber nicht. Unbequem und vorhersehbar. Mein Arsch weiß schon, wie sich dieser beschissene Stuhl anfühlt, bevor ich sitze.

„Ich nehme Sie jetzt in der Anstalt auf. Das Aufnahmeersuchen der Staatsanwaltschaft liegt mir vor, ebenso der Haftbefehl und Ihre Ausweispapiere. Gut." Tripke spricht mehr zu sich selbst, blättert in den Papieren, die ihm der Oberwichser gegeben hat.

„Um Sie besser kennenzulernen, stelle ich Ihnen zunächst ein paar allgemeine Fragen." – „Kennenlernen?" – „Ja, wir müssen doch wissen, mit wem wir es zu tun haben." – „Ist in Computer." – „Nun, aber einiges kann sich ja auch verändert haben. Wir müssen die Daten hier jetzt schon aktualisieren. Außerdem weise ich Sie darauf hin, dass es sich um eine strafrechtlich relevante Tat handelt, sollten Sie falsche Angaben machen. Haben sie das verstanden?" – „Da." Ich nicke.

„Sie kommen gebürtig aus Kroatien?" – „Hrvatska." – „Geraten Sie mit anderen schnell in Schwierigkeiten – zum Beispiel mit Serben, Bosniern, Türken, Russen oder anderen?" – Ich fixiere seinen Blick. Er sollte meinen Großvater nach Serben fragen, dann hätte er eine Faust in der Fresse. „Deutsche." – „Gibt es einen bestimmten Grund, warum sie mit Deutschen aneinander geraten?" – „Ist Deutschland." – „Okay, ich schreib' mal: keine besonderen Probleme mit anderen Nationalitäten. Gehören Sie zu einer Gang?" – „Ne." -

„Weiß Ihre Familie, dass Sie in Haft sind?" – „Ne." – „Sollen wir jemanden benachrichtigen?" – „Ne. Doch. Bruder Yasha." – „Gut, dann schreiben Sie bitte auf dieses Blatt die Kontaktdaten Ihres Bruders."

Ich schreibe die Handynummer von Yasha auf – mehr brauchen sie nicht zu wissen.

„Versteht Ihr Bruder deutsch?" – „Ne. " – „Haben Sie Kinder oder Tiere, um die man sich von Seiten der Behörde kümmern muss?" – „Ne."

„Üben Sie derzeit einen Beruf aus?" Tripke schaut kurz hoch, erwartet eine Antwort. „Ne." On je levat. Er ist ein Idiot. Ich mag ihn nicht, mit seiner deutschen Fresse. „Beziehen Sie eine Rente oder andere Leistungen wie Grundsicherung oder Sozialhilfe?" – Ne." „Beziehen Sie sonstige Einkünfte, zum Beispiel aus Vermietungen oder Unterhalt?" – „Ne." – „Gehören Sie einer gesetzlichen Krankenversicherung, Rentenversicherung oder Arbeitslosenversicherung an?" – „Ne." - „Sind Sie verheiratet?" Er leiert das so runter. Hat er schon hundert Mal gestellt, die Fragen. Zinka. Zinka hätte ich geheiratet. Für Zinka hätte ich alles gemacht. Aber sie wollte nicht. Fotze. Hat Schluss gemacht. Heirat, schöne Scheiße. Ficken kann man sie alle auch so. Schmeicheln, trinken, ficken. Immer das Gleiche. „Und, sind Sie? Verheiratet mein' ich." Tripke. „Ne."

„Haben Sie chronische Krankheiten?" – „Ne." – „Nehmen Sie Drogen?" – „Ne." – „Marihuana, LSD, Kokain, Crystal Meth, Heroin oder andere?" – „Ne." – „Trinken Sie Alkohol?" Was für ein Scheiß. Jeder trinkt. „Was soll Frage? Da." – „Wieviel genau?" Ich gucke ihn an. Wieviel – was? „Täglich? Alle zwei Tage? 2-3 mal die Woche? Einmal die Woche oder seltener?" Tripke guckt von oben herab. „Mal mehr, mal weniger." – „Wissen Sie Herr

Branković, mir ist das egal, ob sie auf Entzug gehen oder nicht. Ich kann Ihnen nur in ihrem eigenen Interesse raten, diese Fragen so genau wie möglich zu beantworten." – Ich gucke ihn über seine Schreibtischplatte, sein Foto und das Telefon hinweg an: „Mal mehr, mal weniger." – „Okay, mal mehr, mal weniger." Tripke seufzt und notiert alles in seinen Formularen.

„Haben Sie schon mal an Selbstmord gedacht?" – „Wie Mädchen?" Ich atme hörbar aus. So ein Schwachsinn. „Ne."

„Größere Verletzungen sehe ich jetzt nicht – haben Sie Verletzungen, die ich so nicht erkennen kann?" – „Ne." – „Schön, dann sind Sie ja hafttauglich. Hier sind noch einige Formblätter, die Sie unterschreiben müssten." Er gibt mir einen Kugelschreiber – irgendein billiges Scheißding aus Plastik mit Werbung drauf. Schrill-orange. Ich schreibe meinen Namen auf die von Tripke mit einem X versehenen Linien.

„Hier ist noch ein Merkblatt mit den Besuchszeiten, zu Telefonaten und Geldüberweisungen. Zudem gebe ich Ihnen folgende Belehrung schriftlich als Kopie, benötige aber auch eine Unterschrift auf meinem Exemplar. Sie müssen mit Sanktionen rechnen, sollten Sie gegen die Anweisungen der Bediensteten oder gegen die Sicherheit und Ordnung in der Anstalt verstoßen. Im Falle einer Flucht, eines Angriffes auf einen Bediensteten, einer Sachbeschädigung oder wenn Sie sich selbst körperlichen Schaden zufügen, kommen Sicherungsmaßnahmen zur Anwendung. Dies sind zum

Beispiel Beobachtungen bei Nacht, Entzug von gefährlichen Gegenständen, Isolationshaft, Einschränkung des Aufenthaltes im Freien, Unterbringung in einem besonders gesicherten Haftraum oder auch Fesselung. Sollten Sie Widerstand leisten, wird dieser auch mit körperlicher Gewalt oder unter Anwendung von Waffen gebrochen. Außerdem können Disziplinarverfahren zur Anwendung kommen. Haben Sie das verstanden?" – „Da." Ich schaue ihn an. Sein Gesicht. Seine Geilheit, wenn er irgend so'ne Scheiße vorliest. Na, wirst du schon steif, du Schwanzlutscher?

„Herr Branković?" Ich gucke hoch. „Unterschreiben Sie das bitte." Ich unterschreibe seinen Kack. Er unterzeichnet auch.

„Zum Briefverkehr," Tripke hält kurz inne, blättert, „Briefe und Umschläge, auf denen Aufkleber und Sticker..." Wem soll ich einen Brief schreiben? Meiner Mutter? Yasha? Ich lasse den Scheiß über mich ergehen und unterschreibe abermals. Tripke zeichnet gegen.

„Herr Manovski wird Sie in die Kammer bringen. Dort bekommen Sie eine Erstausstattung."

Tripke händigt Manovski, so heißt Oberwichser also, irgendwelche Papiere aus. Ich stehe auf und gehe zur Tür. „Bleibt mir nur noch, Ihnen einen schönen, ruhigen und langen Aufenthalt zu wünschen." Ruckartig drehe ich mich zu Tripke. Mein Gesicht wird sofort heiß, mein Kopf platzt fast, meine Hände ballen sich zu Fäusten. Wären wir draußen, hätte er jetzt eine in der Fresse. Ich starre ihn an, Tripke lächelt süffisant. Er hat mich bewusst provoziert und ich bin drauf reingefallen. War das letzte Mal, du Pisser. Manovski notiert irgendwas auf den Papieren, nimmt mich am Arm und dirigiert mich Richtung Tür.

Er schließt auf, ich gehe durch, er geht durch, er schließt ab. Den Gang runter. Hässliche, gelbe Fliesen, graue Wände, ab und zu eine verschlossene Tür. Der Gang ist schmal, ich gehe voraus bis zu einer grauen Gittertür. Manovski schließt auf, ich gehe durch, er geht durch, er schließt zu. Weiter. Vor einem Treppenhaus bleiben wir stehen. Manovski schließt die Tür auf, ich gehe durch, er geht durch, er schließt ab. Die Treppe runter, der nächste Gang, durch Türen. Alles sieht gleich aus.

Es ist wie ein kleines Labyrinth. Ich versuche mir den Weg zu merken, aber ich gebe nach der vierten Ecke auf. Ist eh egal. Für heute. Wenn es wichtig wird, werde ich schon einen Weg finden.

4

Er bringt mich in einen muffigen Raum. Alt und schäbig riecht es hier. Regale mit Kleidung und Säcken hinter einem Tresen aus Holz.

„Das ist Herr Branković. Neuaufnahme. Hier sind die Papiere. Ist Martin heute gar nicht hier?" –

„Hat frei." Der Typ hinter dem Tresen nimmt die Papiere entgegen und schaut drauf. Liest irgendwas.

„Tag, Herr Branković," wendet er sich an mich, „mein Name ist Freiler. Ich gebe Ihnen gleich ihr Bündel und die Kleidung für die nächsten Tage aus. Zunächst gehen Sie bitte in die Kabine und ziehen sich aus. Die neue Kleidung suche ich Ihnen raus. Welche Hosengröße haben sie?" – „34." - „Passen Ihnen T-Shirts in L?" - „Da." – „Wie ist Ihre Schuhgröße?" - „43." – „Okay. Dann ziehen Sie sich jetzt aus. Sie können schon mal einen Satz Kleidung mitnehmen und direkt wieder anziehen." Er geht zu den Regalen und holt Klamotten. Hose, T-Shirt, Socken, Unterhose. Er deutet auf einen Umhang, hinter dem ich mich ausziehen soll. An einer ihm abgewandten Seite ist er offen. Dort steht ein Tisch. „Legen Sie Ihre Kleidung dann einfach auf dem Tisch ab." Ich gehe rüber, der Vorhang wird so weit es geht geschlossen. Ich bücke mich und öffne meine Schuhe. Meine Turnschuhe.

Meine Jacke, meine G-Star, mein T-Shirt, meine Socken und meine Unterhose lege ich auf den Tisch. Der Stapel Einheitskleidung gafft mich an: Billige Jeans, blaues T-Shirt, einfacher Pulli, weiße Unterhose, Tennissocken. Schlechte Qualität. Billigscheiß. „Ich will andere Hose." Nackt stehe ich in der Umkleidekabine und ärgere mich. Geben mir – MIR - eine billige Unterhose. „Sie bekommen zunächst unsere Einheitskleidung. Nach der Überprüfung Ihrer Sachen können Sie diese im Rahmen der Hausordnung zurück erhalten." Freiler klingt gelangweilt, so als würde er nicht zuhören oder als hätte er das hier schon tausend Mal erlebt. „Ich will andere Hose haben. Jetzt." – „Ziehen Sie die Ihnen ausgehändigte Kleidung an oder gehen Sie nackt. Andere Kleidung werden Sie nicht bekommen." Ich ziehe die Jeans an, das Shirt und den Pulli. Socken und Unterhose nehme ich und werfe sie ihm auf den Tresen. Soll er den Dreck doch tragen.

Er zieht die Augenbrauen hoch. Sagt nichts, hakt irgendwas auf einer Liste ab.

Manovski beobachtet mich. Er ist leicht angespannt, in Hab-Acht-Stellung. Freiler ist ungerührt. „In dieser Wolldecke eingewickelt befinden sich die nötigsten Dinge: Tassen, Geschirr, Seife, Shampoo, Duschbad, Bettwäsche, Zahnputzzeug. Und eine Hausordnung. Können Sie deutsch lesen oder brauchen Sie die Hausordnung auf kroatisch?" Meine Augen werden zu kleinen Schlitzen. „Meine Sachen – wann bekomme ich?" „Ihre private Kleidung können Sie im Rahmen der Hausordnung zurückerhalten, sobald diese überprüft ist und Sie Geld auf Ihrem Hauskonto haben, um sich Waschmittel zu kaufen und die Kleidung zu waschen. Die Anstaltskleidung wird in unserer Wäscherei gewaschen – für diese Reinigung entstehen Ihnen keine Kosten. Sollten Sie Zigaretten in Ihrem Handgepäck haben, können Sie diese jetzt an sich nehmen." Er leiert alles runter. Er sagt das immer und immer wieder. Aber ich habe zum ersten Mal gefragt. Ich will eine richtige Antwort. Meine Kiefer pressen sich zusammen. Manovski beobachtet mich. Er steht schräg hinter mir und ist bereit. Sie sind im Vorteil – zu zweit. Freiler und Manovski gucken mich an. Mehr tun sie nicht – sie gucken.

Freiler durchbricht die Starre als Erster, packt zwei Hausordnungen in das braun-graue Wolldecken-Bündel und schiebt es mir rüber. Ich nehme es und schaue Manovski an. „Ja, Zigaretten." Freiler geht zu einem Regal, auf dem einige Plastiktüten mit Nummern drauf liegen. Er nimmt eine, kommt zurück zum Tresen und öffnet sie. „Sind das Ihre Sachen?" Ich erkenne mein Portemonnaie, mein Schlüsselbund, die Zigaretten, nicke. Er streckt die Hand nach einer Liste aus, trägt etwas ein und gibt mir die Zigaretten. Da liegt mein Feuerzeug.

„Yasha, ich gehe." Mein Bruder steht vor mir. Nickt. „Ich hab' Scheiße gebaut." – „Wo gehst du hin?" – „Nach Deutschland, mit Zoran." – „Du weißt, dass du Zoran nicht vertrauen kannst?" – „Ja, aber ich habe keine Wahl. Wenn Marko mich findet, war's das." „Hier, nimm." Yasha gibt mir Geld – Dollar. „Woher hast du die?" – „Is' egal, nimm' sie und lass' dich nicht erwischen." Wir schauen uns an. Er zieht an seiner Zigarette, gibt mir eine Largo. Ich suche nach einem Feuerzeug in meinen Taschen und habe wie immer keines. Er zieht sein Zippo aus der Hosentasche, gibt mir Feuer und lässt es zuschnappen. „Nimm es und verlier' es nicht." Ich lasse das Zippo in meine Ta-

sche gleiten. Schweigend rauchen wir zu Ende. Ich werfe die Kippe auf den Boden und zertrete sie auf den alten Steinen in der Auffahrt.

Ich will mir mein Zippo nehmen, aber Freiler macht eine verneinende Handbewegung. „Die sind hier nicht gestattet. Lesen sie bitte in der Hausordnung nach, welche Art von Feuerzeugen gestattet ist." Šupak. Arschloch. Ich starre ihn an. Er erwidert meinen Blick, nimmt dabei die Tüte vom Tresen und legt sie ins Regal hinter sich. Meine Zähne pressen sich aufeinander, meine Zunge drückt von unten an meinen Gaumen. Ich spüre die Anspannung im ganzen Körper. Ich will ihm in die Fresse hauen. Jetzt. Ich will, dass er schreit. Ich will seine Visage unter meiner Faust spüren. „Bitte quittieren Sie hier den Empfang der Hausordnung." Freiler schiebt mir ein Formular rüber. Ich bewege mich nicht.

Manovskis Stimme dringt an mein Ohr. „Wir können direkt weiter – Herr Branković, bitte kommen Sie." Ich bin wie erstarrt und glotze Freiler an. Ich weiß, dass es besser ist, jetzt zu gehen. Šupak. Aber ich will das Zippo. Jetzt. Ich werde es nicht bekommen. Gar nicht. Nicht hier drin, wo es nur billige Jeans gibt.

Ich wende mich zur Tür. „Herr Branković, bitte quittieren Sie den Erhalt der Hausordnung", Freilers Stimme wird kalt und schneidend. Ich gehe zurück zum Tresen und unterzeichne sein scheiß Formular. Wichser. Wir blicken uns an. Freiler guckt kalt. Er ist auf der Hut. Er sieht meine Wut. Ich hasse ihn.

Wir gehen wieder durch irgendwelche Gänge, zwei Treppen rauf und stehen dann im Freien. Über einen Hof geht's auf ein altes, rotes Backsteingebäude zu. Zur Rechten sind Zellen: drei Stockwerke hoch, 27 Fenster nebeneinander. Jedes Fenster vergittert, über den Fenstern große Zahlen von 1-27. Ja, an so 'ne Scheiße habt ihr gedacht. Zahlen auf Wände malen. Aber die Jeans sind Billigdreck.

Das andere Gebäude ist zwei Stockwerke hoch, ein rotes Kreuz prangt über dem Eingang.

Manovski öffnet die Tür, ich gehe durch, er geht durch, schließt ab. Ein beißender Geruch von Desinfektionsmitteln steigt mir in die Nase. Es riecht wie beim Zahnarzt, nur intensiver. Wir gehen in die obere Etage. Die Gänge hier sind etwas breiter, die Wände grün statt grau, aber auch hier besteht der Boden aus diesen gelben, alten Fliesen. Manovski bleibt vor einer Tür stehen, klopft. Ein „Herein" von drinnen lässt Manovski die Tür öffnen. „Tag, Doro, ist der Doc da?" – „Ja, er kann gleich reingehen." Die Frau sitzt hinter einem Schreibtisch und tippt irgendwas in ihren Computer. Während wir auf eine Durchgangstür zugehen, steht sie auf und kommt hinterher. Ist das so eine Art Krankenschwester oder was? Eine Krankenschwester mit dicken Titten.

Doro hat eine blonde Strähne in ihrem dunklen Pony, die sie mit einer Herzchenspange ins Haar gesteckt hat. Ob man an diese Spange herankommt? Könnte eine gute Waffe werden. Während ich sie ficke, könnte ich ihr die Spange aus dem Haar ziehen.

Im Untersuchungszimmer: Weiße Metallschränke, teilweise mit Glaseinsatz, durch den man Tupfer, Mullbinden, Verpackungen und allerlei Zeug sehen kann. Links ein alter, abgenutzter Schreibtisch mit Akten, Büchern, Behältern mit Tupfern und Verbandszeug und einer Schreibtischlampe. Dazwischen eine Tasse „Bester Chef - den wir haben" – soll wohl witzig sein. Graue Fliesen, weiß-graue Wände, ein Poster mit dem Muskelsystem des Menschen. Zwei vergitterte Fenster, die auf das Gebäude mit den Zellen zeigen – 17 und 18 liegen genau gegenüber.

5

„Tag, Herr Branković, bitte setzen Sie sich. Ich bin Dr. Schröder und nehme jetzt die medizinische Untersuchung vor. Zunächst stelle ich Ihnen ein paar allgemeine Fragen in Bezug auf Ihren Lebenswandel. Nehmen sie Medikamente?" – „Ne." – „Ich meine auch illegale oder solche die frei zu kaufen sind und Ihnen kein Arzt verschrieben hat." – „Ne." Ich mag diesen Arzt nicht. Er guckt mich an, als sei er schlauer als ich. Schröder trägt eine randlose Brille, achteckig-rechteckig geschnittene Gläser. So einer, der einen geblasen kriegen will, aber eine Alte hat, die seinen Schwanz nicht in den Mund nimmt. Ich kann sie ja mal besuchen und ihr meinen Schwanz in den Mund schieben. Stöhnen würde sie, laut und geil. Ihre nasse Fotze würde sie über meinen Schwanz stülpen und den geilsten Orgasmus haben, den sie je hatte.

Seine Nase ist spitz und auf seinem Kinn hat er sich einen Ziegenbart stehen gelassen. Er sieht aus wie eine Ziege. Ziege trägt einen weißen Kittel, darunter ein Hemd mit Karos. „Machen Sie Sport?" – „Ne." Ich sage ihm gar nichts. Soll er doch denken was er will. Jede Antwort wird in ein Formular eingetragen. „Irgendwas zur Ausdauer – vielleicht Fahrrad fahren oder joggen?" - „Ne." – „Sind bei Ihnen Krankheiten bekannt, die eine ärztliche Versorgung nötig machen?" – „Ne." – „Haben Sie Allergien, beispielsweise auf Lebensmittel; Nahrungsmittelunverträglichkeiten?" – „Ne." - „Haben Sie einen Hausarzt?" – „Ne." – „Okay, dann werde ich sie jetzt untersuchen. Ziehen Sie dazu bitte Ihr Oberteil aus, damit ich Sie abhören kann."

Er nimmt ein Stethoskop vom Schreibtisch, tritt hinter mich und legt mir das kalte Metall auf die Haut. „Einatmen." Ich atme. „Atmen Sie bitte tief ein." – Ich atme etwas tiefer ein. „Und ausatmen." – Ich atme aus. „Einatmen." Ich atme ein. „Ausatmen." Ich atme aus. Das metallene Endstück legt er mir auf unterschiedliche Stellen. Er sagt, ich solle atmen. Ich atme. Ich mag ihn nicht. Ich mag nicht, dass er mir sagt, was ich tun soll. Ich hasse ihn. Scheißarzt. Ziegenarzt. Meck, meck, meck, der Arzt frisst Ziegendreck. Ich schmunzle. Da er hinter mir steht, hat er es nicht gesehen, aber Doro verzieht das Gesicht.

„Ihre Lunge ist frei." Er notiert irgendwas. „Haben Sie Schmerzen?" – „Ne." – „Nehmen Sie regelmäßig Medikamente?" – „Ne." Hatte ich doch schon gesagt, Šupak. – „Waren Sie schon einmal im Gefängnis?" – „Ne." – „Wissen Sie, so eine Unterbringung kann einen an psychische Grenzen führen – Angst, Aggression der auch Heimweh sind nicht selten. Wenn es Ihnen aus irgendeinem Grund nicht gut geht, wenden Sie sich an einen Bediensteten." Ich starre ihn an. Was will die Ziege von mir? „Wenn Sie irgendwelche körperlichen Beschwerden haben, auch zum Beispiel Schlafstörungen oder Appetitlosigkeit, melden Sie sich bitte, okay?" Ich starre. Seine spitze Nase zeigt auf mich. Seine wässrig-grauen Augen haben bereits die Farbe der Wand angenommen. Wahrscheinlich sitzt er hier schon seit Jahrzehnten fest. Eingesperrt – kein Entrinnen. Jeden Tag fährt er freiwillig in dieses Loch und setzt sich an diesen beschissenen Schreibtisch, trinkt aus seiner bescheuerten Tasse und putzt seine hässliche Brille. Ich gucke weiter in seine Richtung, mal sehen, wer zuerst wegguckt.

„Gut, dann spricht aus medizinischer Sicht nichts gegen eine Haftunterbringung." Er notiert noch etwas in Formularen, unterschreibt und händigt sie Manovski aus. Ich stehe auf und gehe hinter Manovski her.

Wir verlassen den Ziegenstall. „Sie werden zunächst in Hafthaus 1 in einer Doppelzelle untergebracht." Manovski geht schweigend weiter, als ich nicht reagiere. Doppelzelle. Eine verkackte Dreckszelle mit einem Vollidioten teilen, bedeutet das. Ein Arsch. Weiß man jetzt schon, muss man gar nicht nachfragen.

6

Ich stehe in der Zelle und rieche eine Mischung aus Schweiß, Zigaretten und billigem Deo.

An der Wand der Tür gegenüber ein kleines Fenster in Schulterhöhe. Links davon ein Doppel-stockbett. Ein alter Tisch, zwei Stühle, zwei Spin-de.

Auf dem oberen Bett sitzt ein Typ mit Vollbart. Er taxiert mich. Ich lege mein Wolldeckenbündel auf das untere Bett, lege mich daneben und schließe die Augen. Nach einiger Zeit knarzt es über mir. Der Typ steigt vom Bett runter und setzt sich auf einen der Stühle. Ich öffne die Augen und setze mich auf. Er dreht sich eine Zigarette und beginnt zu rauchen. „Erstes Mal im Knast?" Er fragt fast beiläufig, schaut dabei auf seine Zigaret-te und wirkt gelangweilt. „Ist anders, wenn es nicht mehr U-Haft ist, was?" So, als hätte er schon viele kommen und gehen sehen. Er ist vielleicht 50, hat eine narbige Haut, graue Haare, gelbe Zähne. Vom Rauchen hat er an Mittel- und Ringfinger eine nikotingelbe Verfärbung.

Sein Schweißgeruch dominiert die Zelle, dringt mit jedem Atemzug in mich ein. „Bin kurz hier." – „Ja, das glauben alle. Zigarette?" – „Habe. Feuer?" – Er gibt mir sein Feuerzeug „Ich bin Hermann." – „Ivo." Mehr gibt es nicht zu sagen.

Wir rauchen. Eine, zwei.

Die Zelle ist kacke. Jede ist wahrscheinlich ka-cke, aber diese ist besonders scheiße. Klein, hässlich und mit Hermann angefüllt. Mit seinem Schweiß, seinem Deo, seinem Qualm, seinem Körper.

Gegen fünf Uhr wird es vor der Zellentür unruhig. Jemand haut zweimal von außen an die Tür. Ein Schlüssel dreht sich im Schloss. Die Tür geht auf: „Branković?" – „Da." – „60 Minuten in den Hof." Er dreht sich um und geht wieder. Hermann zieht seine Schuhe an: „Komm." Ich gehe ihm hinterher. Wir gehen den Flur entlang, durch eine offene Tür, ein graue Treppe hinab, durch eine Art Schleuse. Hier sitzt ein buba schwaba hinter einer Scheibe und schaut uns an. „Branković?" – „Da." – „60 Minuten. Wir wollen hier unsere Ruhe. Wenn Sie das respektieren, wird alles gut. Verstanden?" – „Da." Ich schaue durch die Scheibe und sehe mein Spiegelbild. Es verschmilzt mit dem Gesicht des Vollidioten dahinter. Ich trete einen Schritt zur Seite und nicke kurz.

Auf dem Hof setze ich mich auf eine Bank. Er ist klein. An drei Seiten zeigen Wände mit Fenstern in den Hof – zwei Wände mit Zahlen über den Fenstern – Knastzellen. Die vierte Seite ist von einem Drahtzaun begrenzt, dahinter Rasen und der Blick auf eine Mauer. Ein paar Bänke, ein kleiner Baum in der Mitte. Hermann stellt sich zu zwei blonden Typen. Sie gucken immer mal wieder zu mir rüber, reden über was auch immer. Nach einer Stunde setzen sich alle wie auf Kommando in Bewegung. Wir gehen zu unserer Zelle, ein Schließer macht auf und hinter uns wieder zu. Irgendwann wird an die Tür geklopft. Der Schlüssel dreht sich, die Tür geht auf, ein Knacki kommt rein und gibt uns zwei Tabletts mit Brot, Käse und Kaffee.

Hermann setzt sich an den Tisch und fängt an zu essen. Schmatzend schlingt er das Brot hinunter.

Marco schmatzt auch.

Bei jedem Bissen schmatzt er. Schmatz, schmatz. Käsebrot. Schmatz, schmatz.

Irgendwann kommt wer und holt die Tabletts ab. Ein Schließer ist dabei und kontrolliert, ob auch alles vollständig ist.

Marco sitzt mir gegenüber. Wir haben uns in der Bar getroffen. Vor sich ein Teller Ćevapčići mit Rahm und Ajvar . Er isst. Er frisst. „Du musst Dich mit Denis vertragen. Ich will keinen Streit." Marcos Schweineaugen fixieren mich. „Er hat..." – „Ich will nichts davon hören. Es hört auf." - „On je levat. Er ist ein Idiot." – „Es hört jetzt auf. Jetzt." Marco schmatzt und starrt. Schmatzt und starrt. Ich starre zurück. „Gubi se! Verzieh dich!" Marco macht eine unmissverständliche Kopfbewegung Richtung Kirche. Ich nicke kurz, stehe auf und gehe. „Daj ne seri – mach' keinen Scheiß," ruft Marco mir noch nach.

Die Matratze ist keine. Sie ist hart und riecht nach Knast. Ich denke an die Daunendecke in meiner Wohnung, die jetzt nicht mehr meine ist, und nehme das dünne Scheißlaken, um mich zuzudecken.

Irgendwann nachts wache ich auf. Es ist stickig und riecht nach altem Mann, muffigen Fürzen und Schweiß. Ich öffne das Fenster und versuche ein wenig frische Luft einzuatmen. Aber es scheint, als wäre der Geruch in jedem Kubikzentimeter dieser Kackzelle. Ich stelle mich ans Fenster und bleibe dort. Unter mir der beleuchtete Hof. Die Fenster gegenüber sind alle dunkel – nichts regt sich. Die Kameras an den Wänden werden trotzdem alles aufzeichnen, was hier passiert. Irgendwo hier sitzt ein Deutscher vor Monitoren und holt sich einen darauf runter, dass er raus kann und ich nicht. Irgendwo hier ist so ein Arsch, der sich einen runterholt, weil sie mich gekriegt haben. Šupak, Arschloch. Meine Fäuste ballen sich wie von selbst. Ich würde ihn gerne zerquetschen. Wie eine Fliege mit meinem Daumen an die Wand drücken. Ganz langsam. Spüren, wie unter meinem Finger seine Haut aufplatzt und die Gedärme langsam herausquetschen, um dann von mir am bloßen Beton zerrieben zu werden. Sein Blut würde langsam die Wand herunterfließen.

Ich presse meine Fäuste immer weiter zusammen. Meine Knöchel treten weiß hervor.

Irgendwann werden meine Beine müde. Ich will schlafen. Umoran sam ka pas - bin hundemüde. Ich lege mich auf die Kackmatratze und döse weg.

Um halb sieben morgens donnert irgendwer von außen an die Zellentür. Ein Schlüssel dreht sich im Schloss, eine Metallscheibe schabt auf der Tür, die Tür geht auf: „Morgen, alles klar?" Ein Schließer guckt mich und Hermann an. Hermann nickt, ich auch. Er knallt die Tür von außen zu. Auf dem Flur wird es unruhig. Dumpf hört man durch die Zellentür das Schlagen an andere Türen.

Hermann knartscht über mir. Er dreht sich zur Seite, lässt seine Beine über die Bettkante hängen und springt auf den Boden. Sein Weg führt ihn direkt zum Klo. Er pisst laut und ungeniert, spült und dreht sich direkt darauf eine Zigarette. Als ich aufstehe sitzt er am Tisch und raucht. Wir gucken uns an. „Alles klar?" Hermann taxiert mich. Wahrscheinlich will er herausfinden, ob ich die halbe Nacht geheult habe. Ich nicke und gehe pinkeln.

Irgendwann haut jemand wieder an die Tür, ein Schlüssel dreht sich, die Tür geht auf. Ein Schließer steht auf dem Flur. Daneben ein Wagen, auf dem sich schäbige Tabletts befinden. Brot, Marmelade in kleinen Plastikpackungen, Wurst und Kaffee. Alles schmeckt gleich und sieht eklig aus. Billige Wurst, schmeckt billig, sieht billig aus – irgendwie grau und alt.

„Warum tötest du dein Schwein?" Ich schaue meinen Onkel an. Er - groß und tapfer. Mein Onkel hat eine Narbe im Gesicht. Er trägt sie wie einen

Orden und jedem erzählt er die Geschichte dazu: „Es war am Sonntag nach der Kirche, damals im Krieg. Da gab es einen Mann, er hieß Milan, der für uns Kroaten nicht gut war. Meine Gruppe wollte ihn töten. Wir waren bewaffnet, hatten lange über einen Plan nachgedacht und auf eine Gelegenheit gewartet. An diesem Sonntag war es soweit. Mit dem alten Laster von deinem Opa fuhren wir nach der Messe Richtung Knin los. Dort sollte er sich nachmittags an der Ruine mit einigen Gefolgsleuten treffen. Aber es war ein Hinterhalt – als wir in die Nähe der Festung kamen, wurde auf uns geschossen. Wir schossen natürlich sofort zurück, aber einige von uns wurden getroffen, starben sogar. Wir erwischten zwar auch ein paar Serbenschweine, aber Milan war nicht dabei. Das,“ er zeigte auf seine Narbe, „war ein Querschläger. Na, schau dir die Narbe mal richtig an.“ Onkel Tomislav kommt ganz nah an mein Gesicht und ich muss mir die leicht zackige Narbe ansehen. Sein Atem riecht nach Alkohol, wahrscheinlich Sljivovica, denn er brennt jeden Sommer aus seinen Pflaumen im Keller Unmengen davon.

„So, jetzt weißt du, was passieren kann. Ich hatte verdammtes Glück. Pamet u glavu – mach' keine Dummheiten.“ Und dann schaut er immer einen Moment ins Leere, so als würde er die sterbenden Freunde an seiner Seite noch einmal sehen. So, als würde er den Sand riechen, auf den er stürzte, nachdem der Querschläger ihn traf. So, als würde er das Blut schmecken, dass ihm langsam auf die Lippe lief. So, als würde er die Schreie der Getroffenen hören und vielleicht sogar sich selbst.

„Ich töte es, weil es gut schmeckt," der Blick meines Onkels war entschuldigend und freudig zugleich. Er nimmt eine Pistole und schießt dem Tier in den Kopf. Ein kurzes Knallen durch den Schuss, das Tier fällt um. Es ist sofort tot. „Mir tut das Schwein so leid", sage ich und ringe mit den Tränen. „Na, na, es ist ein gutes Tier, es wird dafür sorgen, dass wir sehr leckere Wurst essen können." Und damit ist das für meinen Onkel erledigt.

Die ganze Familie ist da und alle helfen das Tier zu zerlegen und Wurst zu kochen. Die beste Wurst der Welt.

Ich schmiere mir die Marmelade auf das Brot. „Biste vegetarisch?" Hermann glotzt mich an und nickt Richtung Wurstscheibe. Ich schnaube verächtlich: „Scheißwurst." Hermann nickt: „Hast recht, schmeckt scheiße." Er beißt von seinem Wurstbrot ab und schluckt es runter.

Irgendwann kommen sie zurück, schlagen an die Tür, eine Metallscheibe wird zur Seite geschoben, ein Schlüssel dreht sich im Schloss und ein Knacki holt die Tabletts. Der Schließer kontrolliert, ob alles da ist, die Tür schließt sich, die Metallscheibe, ein Schlüssel dreht sich im Schloss. Ruhe. Jedesmal wenn die Tür schließt hinterlässt sie unangenehme Stille. Wie nach einer Explosion. Das Geräusch ist laut, die Stille brüllt. Der Moment währt nur eine Sekunde, Hermann schlürft zu seinem Radio und macht es an. „Hörst du Musik?"

Hermanns Arsch redet mit mir während er seinen Tabak sucht. Ich zucke mit den Schultern. „Ist ja auch scheißegal," Hermann macht einen Sender an und beginnt zu rauchen. „Gegen zehn kannst du duschen." Hermann sagt nicht viel, ich will nicht viel hören. „Hast du Duschgel gekriegt?" Ich nicke. „Kauf' dir welches im Laden, wenn dein Geld da ist. Das von denen ist scheiße. Trocknet die Haut aus." Ich erwidere nichts und lege mich auf mein sogenanntes Bett.

Ich habe jetzt schon keinen Bock mehr, hier zu sein. 13 Jahre. Ich will nicht mit Hermann in einer Zelle sein. 13 Jahre. Ich will gar nicht hier sein. 13 Jahre. Ich bin hier auch nicht. Ich muss hier irgendwie rauskommen. Irgendwie. Es gibt immer einen Weg.

Bolje ikad nego nikad – besser spät als nie. Ich werde einen Weg finden.

7

Wieder wird von außen an die Tür gehämmert. Ein Schlüssel dreht sich im Schloss, die Tür wird geöffnet. „Sie können jetzt duschen. Herr Branković?" Der deutsche Pisser schaut mich an. Ich nicke. „Die Duschräume befinden sich am Ende des Ganges links. Bitte nehmen Sie alles, was Sie benötigen, direkt mit. Noch Fragen?" Ich schüttele mit dem Kopf. Was soll ich ihn fragen? Wie man duscht? Ob er mitkommt und mir den Schwanz einreibt? Das fände er wohl gut, die schwule Sau.

„Gut, Sie haben 30 Minuten." Ich gehe zum Duschraum oder das, was sie so nennen.

Alte rote Fliesen am Boden, an den Wänden weiße. Die Dusche direkt in die Wand installiert, vier nebeneinander. Auf der Wand gegenüber vier Waschbecken, Spiegel, die aus poliertem Metall bestehen und ebenfalls direkt in die Wand eingearbeitet sind. Klein, alt, häßlich.

Neben mir zwei weitere – der Windhund und einer von gestern im Hof. Der Windhund spricht mich an: „Na, wie war deine erste Nacht? Sind ja echt beschissene Matratzen. Hab' voll schlecht geschlafen, mich irgendwie verlegen..." Bevor er weiterlabern kann, schaue ich ihm in die Augen. Tief. „Schnauze." Ich drehe mich weg und gehe unter die Dusche. Ich stelle das Wasser an, lasse mich beregnen und versuche an nichts zu denken. Es gelingt mir nicht. Selbst wenn ich die Augen schließe, ist der Knast noch da, sogar unter der Dusche. Das billige Duschgel, der muffige Geruch dieses Raumes, das Wasser, das nur langsam heiß wird. Das Handtuch ist klein und dünn, saugt nicht richtig die Feuchtigkeit von der Haut, so wie in einem Ramsch-Hotel. Alles billig hier.

Am Nachmittag sitze ich wieder im Hof. Windhund kommt in meine Nähe, dreht aber ab, nachdem ich ihn anstarre. Hermann redet wieder mit den Blonden. Ich sitze hier und beobachte. Die Dreiergruppe von Hermann, den Windhund, der nervös auf einen Nigger einredet, ein paar Typen am anderen Ende des Hofes auf zwei Bänken. Der

Durchgang zum Gebäude ist mit einer Gittertür verriegelt, darüber eine Kamera. Es gibt außerdem noch zwei weitere Kameras für diesen Hof, die ich ausmachen kann: eine Rundumkamera oben an einer Laterne, eine hoch an einer Mauer, geschützt mit einer Scheibe davor. Der Weg hier raus führt wohl nicht durch diesen Hof. Nach einer Stunde setzen sich alle in Bewegung. Ich passiere wieder die Schleuse, werde von den Fickern hinter der Scheibe gemustert und gehe hinter Hermann her zu unserer Kackzelle.

Ein paar Tage später wird Hermann von einem Schließer abgeholt: „Herr Abbens, wir wollen mit Ihnen jetzt Ihren Vollzugsplan besprechen." Hermann steht auf und grinst mich beim Vorbeigehen an.

Als er zurückkommt wirkt er gelassen. „Ich gehe übermorgen in ein anderes Haus." – „Schöner?" frage ich ihn und schnaube deutlich hörbar Luft aus. „Luxus pur..., aber zumindest ist es eine Einzelzelle."

Zwei Tage später packt Hermann sein Zeug zusammen, gegen zehn Uhr wird er abgeholt. „Man sieht sich," sagt er zum Abschied. „Da." Mehr gibt es nicht zu sagen.

Allein. Endlich Ruhe. Kein Gedudel aus seinem Radio, kein Schmatzen beim Essen, kein Furzen und kein Knartschen über mir. Keine Fragen. Ich lege mich auf das Bett und überlege, was ich alles tun muss.

Ich muss einen Weg hier raus finden. Mit einem Lieferwagen, der Lebensmittel bringt. Ich muss irgendwie an die Küche kommen.

Als das Mittagshämmern und Schlüsselumdrehen mir mein Tablett mit deutschem Fraß bringt, frage ich nach einem Gespräch. „Ich sag' Tripke Bescheid," der Schließer geht und lässt mich allein. Ich will das nicht essen – es riecht ekelig, weiß aber, dass ich Kraft brauchen werde, wenn ich hier raus will. Nach dem Essen mache ich 50 Liegestütze.

Trainieren, einen Weg raus finden, abhauen. Guter Plan.

Nachmittags sitze ich wieder für eine Stunde auf der Bank. Die zwei blonden Typen reden mit einem anderen, der Windhund lungert in einer Ecke rum, der Nigger setzt sich irgendwann neben mich auf die Bank. Er raucht. Als die Stunde vorbei ist, gehe ich hinein, durch die Schleuse, zu meiner Kackzelle.

Einen Weg finden. Ich muss aufmerksam sein und alles beobachten. Viel aufmerksamer als bisher.

Nächster Morgen. Frühstück. Unterscheidet sich nicht von den vorherigen Tagen. Ist immer gleich. Als das Tablett abgeholt wird, sieht mich der Schließer fragend an: „Alles in Ordnung bei Ihnen?" – „Da." Ich blicke ihn unbeteiligt an. „Wir kriegen heute Neuzugänge, einer davon kommt auch zu Ihnen, alles klar?" – „Da."

Scheiße, meine Ruhe ist vorüber. Keine Stille mehr. „Gespräch mit Tripke, wann ist?" frage ich. „Vielleicht heute, vielleicht morgen." Er schließt die Tür. Der Schlüssel dreht sich. Verdammter Scheiß. Heute oder morgen. Ich muss mit jemandem sprechen.

Der Vormittag ist schwer wie Blei und langsam. Als befände ich mich in einem Raum voll Flüssigkeit, die es unmöglich macht, sich schnell zu bewegen. Langsam. Ich liege auf meinem Bett und versuche einen klaren Gedanken zu fassen. Immer wieder döse ich weg, aber ich muss wach bleiben, brauche einen klaren Kopf.

Gegen zwölf Uhr schlägt jemand von außen gegen meine Tür. Ein Schlüssel dreht sich, die Tür geht auf. Einer bringt mir ein Tablett mit Essen. Unsere Blicke begegnen sich, er nickt, ich nicke. Er arbeitet wahrscheinlich in der Küche. Vielleicht ist es gut, nett zu ihm zu sein.

Als ich den Fraß sehe, vergeht mir der Appetit: Irgendein paniertes Fleisch mit Püree aus der Tüte. Dazu irgendwas Grünes – wahrscheinlich Gemüse. Ins Undefinierte zerkocht. Ich löffele zwei, drei Gabeln in mich hinein. Schmeckt nicht. Normalerweise würde ich den Teller jetzt zurückschieben und mir was anderes holen. Ðuveč und Ćevapčići, frisches Weißbrot, Schokoladenkuchen. Ich starre meinen Fraß an, probiere das Fleisch, das Püree und esse am Ende fast den ganzen Scheiß auf. Es sind Kohlenhydrate. Ich brauche Nahrung, um hier raus zu kommen. Ich brauche Kohlenhydrate, um fit zu bleiben.

Es hämmert an die Tür, der Schlüssel dreht sich im Schloss. Der Typ von vorhin holt das Tablett, ein Schließer guckt kurz, ob alles auf dem Tablett liegt – Teller, Gabel, Messer - die Tür schließt sich. Ich schaue einen Moment auf die blau gestrichene Eisentür, dann mache ich 50 Liegestützen.

8

Gegen drei Uhr hämmert es einmal an meiner Tür. Ein Schlüssel dreht sich, die Tür schwingt auf. „Herr Branković, das ist Herr Nowak. Er teilt sich in den nächsten Tagen den Haftraum mit Ihnen." Freiler nickt Nowak kurz zu. „Um fünf Uhr haben Sie eine Stunde Zeit, auf dem Hof frische Luft zu schnappen." Freiler schaut mich an, nickt. Ich nicke kurz zurück. Er geht, die Tür schließt sich, der Schlüssel wird gedreht.

„Jo, da wären wir. Ick bin der Kalle. Also eigentlich Karl-Heinz, nach meinem Opa, aber so will man ja nicht genannt werden, nich'? Und du?" Ich schaue ihn an und möchte ihm am liebsten direkt in die Fresse hauen. Einer der labert. Das kann ja heiter werden. „Redst nich' viel, wa? Naja, also mir sagen immer alle, ick würde viel reden, aber is' eijentlich nich' so. Bin halt k-o-m-m-u-n-i-k-a-t-i-v. Is' ja och `ne Fähigkeit, verstehste?" Ich glotze ihn an. „Verstehst du deutsch? Das kann ja was werden, bist du'n Ausländer? Pole, oder was?" Er steht vor mir. Ich erhebe mich vom unbequemen Holzstuhl. Stehend überrage ich den Schwätzer um mindestens einen Kopf. Ich schaue auf ihn herab. Sein Gesichtsausdruck ändert sich, wird ängstlich. Ja, schwitz nur, du kleine krastača - Kröte, du crv - Wurm, du verschissener magarac - Esel.

Wir schauen uns an. Ich bin ihm überlegen. Das ist ganz klar. Er verstummt endlich. Wenn es dafür sorgt, dass er die Schnauze hält, bleibe ich den ganzen Tag so stehen. Ich setze mich und lasse ihn dabei nicht aus den Augen. Er schwitzt. Wie ein svinja – ein Schwein. Schwitzendes deutsches Schwein.

Langsam löst sich seine Erstarrung: „Is' ja jut, is' ja jut. Hab' kapiert." Er setzt sich auf den anderen Stuhl und dreht sich eine Zigarette. Seine Hände zittern. Ich starre auf seine Zigarette. Er bemerkt meinen Blick. Schaut mich an, schaut auf die Zigarette, in meine Augen. Er zögert, gibt mir dann die Zigarette. Ich nicke.

Er kennt das nicht anders. Leute wie er heißen bei uns Träger. Sie geben alles ab, sie sind Dreck und sie fressen Dreck und sie freuen sich drüber.

Dreckfresser dreht sich eine neue Zigarette. Ich rauche seine Erste.

Am Abend fängt der Dreckfresser wieder an zu labern: „Tja, also, ick wes, ick wes, ick soll nich' soviel labern. Aber, ick bin das erste Mal im Knast und ick vermisse meene Kleene. Lange blonde Haare und Brüste... Brüste wie Sterne." – „Halt's Maul." Ich will nichts von ihm hören, nichts wissen. Es ist mir egal wen er gefickt hat oder wen er gerne ficken würde.

„Nee, mal jetzt im Ernst, ick muss darüber reden." Ich stehe auf und gehe zu ihm rüber. Er steht am Fenster, dreht sich um. Ich ergreife ihn am Kragen. „Halt's Maul ist jetzt, morgen, immer." Meine Fäuste umklammern den Stoff des billigen Knast-Pullis. Ich ziehe ihn an mich ran. So, dass mein Atem auf seine Nase trifft. Meine Muskeln spannen sich an. Ich würd' ihm gerne in die Fresse hauen. So, dass der Kiefer knackt. So, dass sein Blut an die graue Wand spritzt. So, dass seine dämliche Fresse einen noch dämlicheren Gesichtsausdruck annimmt.

„Ja, ja, schon jut. Schon verstanden." Er hebt beschwichtigend die Hände.

Ich blicke ihn an. Meine letzte Warnung, ich hoffe, er hat sie verstanden.

Nachts werde ich durch sein Stöhnen geweckt. Er stöhnt im Schlaf. Ich liege auf meinem Bett und versuche ihn zu ignorieren. Aber er stöhnt weiter. Ich wälze mich hin und her. Seinem Stöhnen ist nicht zu entkommen. Der ganze Raum riecht nach ihm, hört sich nach ihm an. Es ist stickig. Ich werfe die billige Decke weg. Nackt liege ich auf der harten Matratze, versuche mich zu beruhigen. Ein- und auszuatmen. Ein. Aus. Ein. Aus. Er stöhnt weiter.

Zaveži! Halt die Schnauze! Ich denke es erst, fange dann an, es zu zischen: „Zaveži!" Ich muss lauter werden, er schläft noch immer. „Zaveži!" Stöhnen. Lauter. „Zaveži!" Ich stehe auf und stelle mich so, dass ich genau in sein Ohr brüllen kann. „Zaveži!" Mein lautes Brüllen lässt ihn zusammenzucken. Er starrt mich an. Ängstlich. Sein Atem geht flach und schnell. „Schnauze", fast ruhig und sachlich hört sich mein Tonfall an. Ich lege mich auf's Bett und schließe die Augen, aber ich bin hellwach und höre auf die Geräusche von oben. Er liegt reglos da, atmet leise und pisst sich wahrscheinlich gerade in die Hose.

Wie durch einen Schleier nehme ich das erste Geräusch des nächsten Tages wahr: Ein Schließer haut an die Tür, ein Schlüssel dreht sich im Schloss, die Tür geht auf. Lebendkontrolle. „Morgen, alles klar?" Er schaut von mir zum Schweinestöhner. Ich weiß schon nicht mehr, wie der kreten - Idiot heißt. Wir nicken. Der Schließer dreht sich um und schließt die Tür, der Schlüssel dreht sich.

Er sitzt am Tisch und dreht sich nervös eine Zigarette – wer weiß wie lange er schon so dasitzt. „Wenn icke..." – „Schnauze." Er verstummt.

Irgendwann donnert es wieder an der Tür, sie wird aufgeschlossen, Einer kommt mit Frühstückscheiß rein und geht wieder. Und dann, irgendwann, dasselbe zurück. Hämmern, Schlüssel, Tür auf, Tabletts raus, Tür zu, Schlüssel, Stille.

Am Nachmittag hämmert jemand an die Tür, der Schlüssel dreht sich, die Tür schwingt auf. Freiler stellt sich in den Türrahmen: „Herr Branković, Sie haben morgen früh ein Gespräch mit der Vollzugsleiterin. Sie wird Ihnen genau sagen, wie Ihr Aufenthalt bei uns in nächster Zukunft aussehen wird." Er guckt mich an und will eine Bestätigung, dass ich alles verstanden habe. Ich nicke.

9

Am Vormittag darauf holt mich irgendein Schließer, den ich noch nie gesehen hab'. „Tach, mein Name ist Heitmann. Ich begleite Sie jetzt zur Vollzugsleiterin. Sind sie bereit?" Ich nicke. Wir verlassen das Hafthaus über eine Tür, die gegenüber von der Schleuse zum Hof liegt. Dahinter – ein kurzer Gang und eine weitere Schleuse. Wir gelangen auf einen anderen Innenhof. Er ist größer. In meinem Rücken befindet sich jetzt mein Zellentrakt. Links ein Gebäude mit Fenstern, die zwar vergittert sind, aber irgendwie anders wirken. Gardinen und Blumen sind an manchen Fenstern,

Stacheldraht auf einem kleinen Mauervorsprung, der die ganze Front entlangläuft. Wir betreten eine Schleuse, die unter diesem Gebäude durchführt – sie ist groß genug, dass ein Laster bequem hindurch passt. Aber wir passieren sie nur bis zur Hälfte. In der Mauer befindet sich ein Fenster, daneben zwei Türen. Wir bleiben vor'm Fenster stehen. Ein Schließer dahinter. Durch eine kleine Durchreiche gibt Heitmann ihm irgendwelche Papiere. Diese Deutschen mit ihren Scheißpapieren. Der Schließer hinter der Scheibe nickt, und öffnet mit einem Schalter die linke Tür. Sie ist aus grauem Stahl und macht ein tiefes, hohles, donnerndes Geräusch, als sie zufällt. An der Wand gegenüber hängt eine Kamera, die jeden aufnimmt, der durch diese Tür kommt. Über mir eine flackernde Neonleuchte. Der fensterlose Gang ist ca. 20m lang. Dann eine Gittertür.

Wir gehen über einen Hof und betreten ein großes Gebäude über eine breite Treppe. Ungefähr 7 Stufen führen nach innen. Er öffnet die Tür. Wir stehen in einem Treppenhaus. Noch ein paar Stufen gehen nach oben. Am oberen Ende eine breite Holztür mit Intarsien, so eine wie sie auch in Schlössern zu finden ist. Allerdings sieht sie fest verschlossen aus. An der rechten Wand befindet sich eine Tür mit einem Fensterausschnitt. Der Schließer drückt auf eine Klingel. Von innen wird die Tür entsperrt. Drei Schritte und schon stehen wir in einem schmalen Gang, begrenzt durch eine Wand und einen Tresen. Dahinter: Eine Frau in

Schließerklamotten. „Tach, Britta, alles klar?" – „Hallo Jens. Bei mir ist alles okay, wie immer." Er reicht ihr Papiere rüber, sie liest etwas, stempelt sie ab und lässt uns vorbei, indem sie auf einen Knopf drückt.

Durch einen Gang, der freundlich wirken soll. Brauner Teppich, Bilder an der Wand – Portraits mit irgendwelchen Leuten drauf. Sogar eine zerzauste Grünpflanze steht in der Ecke. Wir halten vor einer alten Holztür, klopfen, betreten den Raum.

Nun sitze ich in einem braun-grauen Büro. Ein Behördenzimmer, wie sie alle aussehen. „Guten Tag, Herr Branković. Mein Name ist Moldau. Bitte setzen Sie sich." Sie deutet auf einen Stuhl mit grünem Polster, Metallgestänge, braune Armlehnen. Ich setze mich und gucke mir mein Gegenüber an. Blonde, glatte Haare, Pony, schwarzes Brillengestell, strenge Anzugsjacke in dunkelblau, Bluse mit Streifen. „Sie haben jetzt drei Wochen bei uns verbracht. Meine Mitarbeiter haben einen Vollzugsplan erstellt." Sie nimmt Blickkontakt mit dem Schließer hinter mir auf, nickt kurz. „Sie werden auf Station 3 verlegt. Sie werden dort in einer Einzelzelle untergebracht. Sie haben aber selbstverständlich die Möglichkeit, andere Häftlinge in dafür vorgesehenen Zeiten zu treffen.

Sie wurden ja auf die Möglichkeit hingewiesen, sich um einen Arbeitsplatz in der Anstalt zu bewerben. Sie haben davon Gebrauch gemacht und stehen nun auf einer Warteliste. Sie werden dann über Herrn Tripke informiert, sollte ein Platz frei werden. Wenn Sie einen Fernseher benötigen, können Sie sich ebenfalls an Herrn Tripke wenden.

Ihre Haftstrafe beträgt 13 Jahre. Sie haben die Möglichkeit, bei guter Führung nach 2/3 der Strafe einen Antrag auf vorzeitige Haftentlassung zu stellen. Dazu gehört aber selbstverständlich, dass Sie sich mit ihrer Tat auseinandersetzen. Ein Anti-Gewalttraining könnte außerdem einen guten Beitrag dazu leisten. Wir legen Ihnen nahe, sich dazu anzumelden. Zu einer guten Führung gehört ebenso selbstverständlich, dass wir hier drin gut miteinander auskommen und zusammen arbeiten. Sollten sie Fragen zu Ihrem Vollzugsplan haben, können Sie diese jetzt oder auch später stellen."

Ich gucke die Frau an. Ihre Finger fummeln an Ihren Nägeln herum. Gemachte Nägel, so wie sie auch die Nutten haben – lang, künstlich und mit irgendwelchen Bildern und Glitzer bemalt. Ihrem Alten kann sie damit geil in den Rücken krallen. Aber wahrscheinlich hat sie keinen und versucht mit dieser Nagelscheiße einen abzukriegen. Steht sie eher auf Fette oder auf Drahtige? Sie ist nervös. Ich schaue weiter. Sie faltet die Hände ganz bewusst auf der Tischplatte und atmet einmal tief ein und aus. Sie sieht mich an. Sie steht auf mich. Mit meiner Zungenspitze fahre ich mir blitzschnell über meine Oberlippe. Sie ist irritiert. Guckt zum Schließer rüber. Guckt mich an und dann auf ihre Papiere. Ja, so'n richtig geiler Fick mit uns, das wäre was, du kleine Nazifotze. Würdest vor mir knien und betteln. Fick mich, Ivo, dein Schwanz is' der geilste. Ich werde dich wegtreten. Du fällst auf den Boden. „Fick' mich, Ivo. Fick mich. Ich will deinen Schwanz in mir spüren." Dann fick ich dich, du geile Fotze. Meinen Schwanz stoße ich dir in deine Fotze. Deine Nuttennägel krallen sich in meinen Rücken.

„...Herr Branković, haben Sie das verstanden?" – „Da." Ich nicke. Is' mir scheiß egal, was sie sagt. War es wichtig?

10

Ich betrete meine Zelle das erste Mal. Graue Farbe an den Wänden, ein Schrank, ein Regal, Tisch, Stuhl, Toilette, Waschbecken, Fenster. Ich setze mich auf die dünne Matratze. Das Bett knarrt. Ich lege die Plastiktüte mit meinem Kram neben mich. Die Tür fällt ins Schloss – ich bin allein. Mein Blick fällt auf die Tischplatte. Irgendjemand hat ein Bild hineingeritzt. Einen Wolf oder Hund mit offenem Mund, so dass die Zähne zu erkennen sind. Fletschende Zähne.

Die Hunde bellen im Zwinger. Ich wache von dem Geräusch auf und schaue aus dem Fenster. Der Mond scheint, der Garten ist in silbriges Licht getaucht. Die Hunde bellen ohne Unterlass. Mein Vater torkelt aus der Gartentür. „Schnauze." Er versucht zu schreien, aber er krächzt eher. Seine Stimme überschlägt sich. Er hustet, kotzt neben den Gartentisch und wischt seinen Mund am Unterarm ab. Die Hunde bellen. „Scheißköter. Schnauze." Er geht zum Zwinger. Ein Tritt gegen das Eisengeflecht. „Schnauze." Er wird lauter. Schlägt mit der bloßen Hand auf die verrosteten Stäbe. Ich sehe, wie seine Muskeln am Hals anspannen. „Schnauze. Schnauze. Schnauze, ihr Scheißköter. Ich mach' euch fertig." Er tritt gegen den Zaun. Immer und immer wieder. Sein Atem wird schwerer. Er tritt und schlägt zu. Die Hunde bellen. Werden immer nervöser. Meine Mutter kommt dazu. „Komm' weg da. Du weckst noch alle Nachbarn." – „Du Schlampe, halt die Schnauze."

Er dreht sich um und tritt sie. Er schlägt und tritt. Schlägt. Tritt. Ohne Hemmung. Meine Mutter liegt am Boden und versucht ihren Kopf mit den Armen zu schützen. Sie winselt und wimmert. „Bitte. Bitte nicht." Er tritt weiter.

Irgendwann lässt er von ihr ab und wankt ins Haus. Ich höre die Gartentür zuknallen, seine Schritte auf dem Boden und das Bett unter ihm nachgeben.

Ich stehe wie erstarrt am Fenster. Als ich sein Schnarchen aus dem Schlafzimmer höre, schleiche ich in den Garten. Die Hunde haben aufgehört zu bellen. Mama sitzt auf einem Gartenstuhl und weint. Ihr Gesicht ist voller Blut, das sich rotglänzend im Schein der Schuppenlampe spiegelt. Sie schaut mich an: „Geh' rein, Dragi. Es ist nicht so schlimm. Es sieht schlimmer aus, als es ist. Er kann nichts dafür." Ihr Blick schweift in die Ferne, in die Vergangenheit. „Er hat soviel verloren. Geh' rein. Bitte geh' rein." Ihre Augen flehen. Ich soll ihr glauben. Ihre Beschwichtigungen sind durchschaubar, ich nicke und drehe mich um. Gehe rein. Die Treppe hinauf in mein Zimmer.

Ich bin neun Jahre alt, habe einen Vater, eine Mutter und drei Geschwister – aber ich bin allein. Irgendwann schlafe ich ein. Erschöpft. Ängstlich. Allein.

Ich wache noch in der Dunkelheit auf, bleibe liegen und warte auf die Schließer. Sie kommen irgendwann. Kurzes Klopfen, eine Metallplatte wird zur Seite geschoben, der Schlüssel im Schloss dreht sich, wird abgezogen, die Tür wird geöffnet. „Morgen, alles klar?" Ich öffne meine Augen, hebe meinen Kopf leicht und schaue ihn an. Der Typ nickt, tritt zurück, schließt die Tür von außen.

Still ist es. Endlich. Kein Gequatsche, kein Stöhnen in der Nacht, kein Rülpsen. Nur ich. Ich setze mich auf und versuche mir die Zelle genau anzuschauen, aber es hat sich nichts verändert. Hier wird sich auch nichts verändern. Niemals. Die fletschenden Zähne starren mich an. Als wollten sie mich verhöhnen. Ivo, Ivo, wir sind's und wir sind immer da. Immer, egal wo Du bist.

Ich will sie zerstören, sie mit meiner Faust herausschlagen. Oder ich lasse sie wo sie sind. Um sie zu sehen. Um ihnen zu zeigen, dass ich es schaffe, hier heraus zu kommen. Um ihnen zu zeigen, dass ich besser bin als sie. Um sie in diesem Loch krepieren zu lassen.

Es hämmert gegen die Tür, der Schlüssel dreht sich, die Tür fliegt auf. Ein neuer Schließer steht vor mir. Groß, dick, mit breiten Schultern. Untrainiert, das sieht man gleich. Ist zwar massig, aber weiß mit seiner Masse nix anzustellen. Glatze, eckiger Kopf, der direkt in einen fleischigen Hals und die Schultern überzugehen scheint. „Morgen, Herr Branković. Mein Name ist Schleicher. Ich gehe davon aus, dass hier alles okay ist?" Ich nicke. Er tritt zur Seite, ein Knacki gibt mir ein Tablett mit dem gleichen Fraß wie bisher. Sie gehen beide, die Tür schließt sich, der Schlüssel dreht sich. Immer dasselbe Spiel. Ich mache 50 Liegestützen und esse dann meinen Fraß.

Um 11 Uhr kommt Schleicher wieder. Im Türrahmen stehend klärt er mich über das Miteinander in Haus 3 auf: „Sie haben mittwochs und samstags das Recht zu duschen, dies wird sich ändern, sobald Sie einer geregelten Tätigkeit nachgehen, dann können Sie öfter duschen. Umschluss ist von 17 Uhr bis 18 Uhr, Freigang von 16 Uhr bis 17 Uhr. Kennen Sie bereits Insassen, mit denen Sie gerne Freizeit verbringen würden?" – „Ne." Umschluss, was soll das denn sein? Hermann hatte irgendwas davon erzählt, aber ich hatte nicht zugehört. „Naja, das ergibt sich ja vielleicht noch. Sie haben sich für eine Arbeit in der Küche gemeldet?" – „Da." - „Die Küchenarbeitsplätze sind alle belegt. Was wir Ihnen in nächster Zeit stattdessen anbieten können, ist eine Arbeit in der Holzverarbeitung." – „Was ist das?" – „Dort werden Europaletten zusammengeschraubt. Wären Sie daran interessiert?" – „Da." Hauptsache einen Weg finden. Vielleicht würde ich in die Küche wechseln können, wenn ich erstmal in dieser Holzverarbeitung bin. „Gut", der geschäftsmäßige Schleicher hakte irgendwas auf einer Liste ab. „Welche Schuhgröße Sie haben, wissen wir ja, Sie erhalten dann dementsprechende Kleidung und Sicherheitsschuhe. Noch Fragen?" Er taxiert mich. „Ne." - „Dann bis später." Schleicher dreht sich um und geht. Schließt die Tür, dreht seinen Schlüssel. Holzverarbeitung. Vielleicht gar nicht so schlecht. Sägen, Bohrer, Schraubenzieher, Schrauben, Holz.

Um 16 Uhr öffnet Schleicher die Zelle und bringt mich nach unten zum Freigang. Es ist ein anderer Hof – größer, mehr Bänke, zwei Bäume. An einer Seite ist der Hof von der Mauer von Haus 3 begrenzt. In der zweiten Etage sind vergitterte Fenster – Nummern darüber, also Zellen. An einer weiteren Seite ist der Hof von einer Mauer mit Stacheldraht begrenzt. Allerdings scheint das eine Mauer innerhalb des Knastes zu sein, denn die Sicherung ist nicht besonders perfekt. Die dritte Seite wird durch einen hohen Zaun und die dahinter befindliche Mauer begrenzt. Zwischen Zaun und Mauer sind vielleicht 3 Meter – die Mauer ist hoch, vielleicht 5 Meter, aus Beton und gelb angestrichen, mit Stacheldraht oben drauf. An der vierten Seite kann man durch einen Maschendrahtzaun über einen kleinen Sportplatz gucken. Dann kommt die obligatorische Einzäunung, dahinter eine Mauer. Diese ist zwar auch hoch und mit Stacheldraht gesichert, allerdings ist es eine alte Mauer aus Backstein – sie gehört noch zu diesem alten Knastgebäuden, die irgendwann durch Neuere ergänzt wurden.

Ich setze mich auf eine Bank. So, dass ich den Blick über den Sportplatz habe. Ein paar Knackis gehen auf den Platz. Sie werfen einen Ball in die Mitte und beginnen Fußball zu spielen. Ein Schließer ist dabei – schaut zu und raucht eine.

Ich beobachte das Spiel eine Zeit lang, kann aber noch nicht einmal ausmachen, wer in welcher Mannschaft spielt.

Ich starre. Auf die gelbe Mauer, die alles wie einen Wall aus Pudding umgibt. Auf die Backsteinwände vom Haus und die Mauer hinterm Sportplatz. Ob schon mal jemand entkommen ist? Nach der dritten Zigarette fange ich an, mir die anderen im Hof zu betrachten.

Junkies, die sich ihr Hirn weggefixt haben. Sehen hässlich ungepflegt aus. Schmächtig und nicht ernst zu nehmen.

Russenschläger, die zu dritt stehen und labern und immer zu mir rüberschauen.

Ein paar traurige Gestalten, die gebrochen wirken, ein Dicker, der ruhig auf einer Bank hockt. Ein paar reden miteinander, einer joggt immer in die Runde, sofern man das Joggen nennen kann.

An der Ecke zum Hof, wo der Eingang durch Haus 3 ist, steht ein großer, blonder Schließer. Er kaut Kaugummi und lässt seinen Blick über die Gruppe schweifen. Sein Blick bleibt an mir hängen. Wir gucken uns an, nicken. Er guckt weiter zu den Russen.

Aus diesem Hof kann man nicht entkommen. Der einzige Zugang ist eine Stahltür, die zu einer Schleuse in Haus 3 führt. Dort sitzen Schließer, die jeden ein- und austragen, der vorbeikommt. Sie sind zu zweit und wirken zäh. Vor der Tür im Hof der Schließer mit dem Kaugummi.

„Goran, wenn ich nichts mehr esse, bin ich weg. Einfach aufgelöst, oder?" Dajana saß auf Gorans Schoß und weinte. Wie immer, wenn sie aus dem Zimmer kam. Ihre Augen waren gerötet, Schnotter lief aus ihrer Nase. „Nein, Princeza, Prinzessin, dann wirst du einfach nur schwach und kannst hier niemals weg. Du musst essen, damit du eines Tages gehen kannst. Deine Muskeln brauchen Energie." Goran redete geduldig auf sie ein. Ich bewunderte ihn dafür. Ich konnte das nicht. Gerne würde ich ihm einfach die Fresse polieren, aber Mama hielt mich jedesmal davon ab. „Goran, Mama ist nicht da..." – „Unsere Zeit kommt. Bolje ikad nego nikad." Mehr sagte er nicht, aber wir verstanden alle, was gemeint war.

Es passiert gar nichts. Ich bin in meiner Zelle und nichts passiert. Ich mache Liegestützen, laufe auf der Stelle, mache Kniebeugen und versuche die Wände wegzudrücken. Zwischendurch kommt jemand, schließt die Zelle auf und bringt entweder Essen oder lässt mich in den Hof. Es passiert nichts. Jeden Tag passiert nichts. In der Zelle passiert nichts. Nachts passiert nichts. Nichts.

Außer Dreck und Scheiße. Dieser Dreck, diese Scheiße hier. Ich muss hier raus. Raus. Diesen Scheißern zeigen, wer ich bin. Diese Wichser. Denken, sie könnten über mich bestimmen, hätten was zu sagen. Drecksbande. Mir, mir zu sagen was ich tun und lassen soll. Mir zu sagen, wo ich sein soll. Ich muss hier raus. Raus aus dieser Scheiße.

11

Die Stunde im Hof verläuft immer träge und dumpf. Die Sonne wärmt meine Haut. Ist fast zu heiß. Meine Haut widersteht. Die Sonne – so hell und strahlend. Heiß und glühend, immerdar. Die Luft, so flirrend und heiß. Wände, die die Hitze noch vergrößern. Das bisschen Gras zertrampelt und braun. Eine Biene setzt sich auf meinen Arm.

Die Sonne war immer erbarmungslos – heiß verglühte sie alles unter sich. Sie brannte und alles unter ihr sollte mit ihr brennen. Die grau-braune Erde war trocken, jeder Schritt wirbelte kleine Staubwolken auf, die sich auf die Schuhe und die Beine legten. Dazu dieser alles bestimmende Duft. Und lila.

Mein Großvater stand vor mir und gab mir einen leeren Korb. Sein Gesicht rund und mit einer ledrig-brauner Haut überzogen. Die großen Hände rissig. Er rauchte viel, trank und lachte. Aber auf den Feldern war er ernst und konzentriert, als gäbe es nichts anderes. „Ivo", sagte er immer, „die Familie ist das Wichtigste. Dein Vater ist gegangen, mach' du nicht denselben Fehler. Hier kannst du immer sein, auf unserem Land." Dann schaute er sich um. Wie ein Kapitän auf einem Schiff schaute er über das Meer aus lilafarbenen Blüten. „Das ist dein Vermächtnis." Mein Großvater kannte die Welt, die er von Hvar aus im Auge behielt. Er hatte sein Leben lang hier gelebt und würde das auch zukünftig nicht ändern. Er setzte sich abends auf die blaue Bank vor seinem Haus mit einer Flasche Selbstgebrannten neben sich und sah dem Wandel zu.

Die Sonne stach hinab auf alles, was sich unter ihr bewegte, so als wolle sie es zum Stillstand zwingen. Und dann waren da noch die Bienen. Ich hasse Bienen. So waren meine Sommerferien bei meinem Großvater – heiß, die Beine mit Staub und Schweiß verklebt, Bienen, die in die kurzen Hosen flogen, unter die T-Shirts krochen oder auf den Armen landeten und Körbe voller Lavendel. Lavendel über Lavendel, den ich ernten musste. Die Schmerzen in den Beinen, Armen oder im Rücken musste ich ignorieren. „Du bist ein Mann Ivo, keine Maus." Mein Vermächtnis.

Ich schaue auf meinen Arm, die Biene ist längst weitergeflogen. Wie damals brennt die Sonne hinab, nur der Wind weht nicht von der See herüber. Durch die hohen Mauern bewegt sich kein Lüftchen.

„Und du?" Ich schaue hoch. Vor mir einer, der herumzappelt. Spielt nervös mit seinem Feuerzeug. Taugt nichts, der Kerl. Ist wahrscheinlich sofort bereit für Geld alles zu tun – keine Ehre.

Das schmuddelige T-Shirt mit dem grell-bunten Aufdruck blickt stumpf aus seinen wässrigen Augen. „Was is'n? Kannste nicht reden? Verstehst du mich?" Ich sehe ihn an. Meine Muskeln sind gespannt, mein Nacken zieht sich zusammen. „Verpiss' dich." Meine Worte sind mehr ein Zischen. „Oh, jetzt hab ich aber Angst. Verpiss dich, verpiss dich. Jugi, du musst dir schon mehr einfallen lassen."

Ich stehe langsam auf, fixiere ihn. Meine Muskeln spannen sich an. Ich starre. Er versucht meinem Blick standzuhalten – aber er muss kapitulieren. Er fängt an nach rechts und links zu schauen. Dann geht er weg. Feige Sau. Komm her und ich hau dir die Fresse zu Brei.

Der Schatten der Mauer ist näher gekommen. Noch bevor er die Bank erreicht, bin ich wieder auf meiner Dreckszelle.

„Ivo, Ivo, schau. Ich springe höher und höher." *Dajana lacht ihr ansteckendes Lachen. Den Mund weit aufgerissen, die leuchtenden Zähne. Dajana hüpft auf dem Sofa herum. „Lass' das lieber, princeza, bevor otac, Vater, es sieht." Dajana lacht und hüpft weiter. Die Haustür klappt zu. Erschrocken hält sie inne. Langsam setzt sie sich und lauscht dabei in Richtung Flur. Ihre weit aufgerissenen Augen starren mich an.*

Das alte braune Ledersofa knartscht leise. Die zwei Kissen liegen auf dem gefliesten Boden. Vor dem Sofa steht ein Plastikblumenarrangement. Die

Holzstühle stehen hier seitdem ich denken kann, die Flecken auf den Sitzbezügen sind nicht mehr rauszuwaschen. An der Wand ein weißes Regal, kleine Deckchen hat meine Mutter als Dekoration auf die Regalbretter gelegt. In der Ecke hinter der Tür ein holzfarbenes Regal, an der Wand ein Teppich mit einer Mariendarstellung. Vor dem Regal ein Tannenbaum, geschmückt mit den goldenen Nüssen, Glasfiguren und kleinen Süßigkeiten. Neben dem Baum, in der Zimmerecke, steht der Weizen. Wie jedes Jahr. Mein Vater ist ein Arschloch, aber meine Mutter kümmert sich jedes Jahr um ein schönes Weihnachtsfest. Früher gab es auch eine Krippe, aber die hat mein Vater vor ein paar Jahren im Suff zerschlagen.

Ich nehme die Kissen vom Boden auf und lege sie auf das Sofa. Die Tür geht auf: „Dayana," mein Vater guckt uns an. „Geh' und hilf deiner Mutter statt auf dem Sofa zu sitzen wie eine alte Frau." Dayana verlässt den Raum, sichtlich erleichtert so davonzukommen. „Und du? Fauler Hund. Sitzt am Tisch wie ein General statt zu arbeiten." Sein Blick ist verächtlich. Er kommt näher und ich rieche den Alkohol in seinem Atem. „Du. Hund, du." Er nimmt mein Glas und wirft es in meine Richtung. „Willst du Streit? Du Parasit. Frisst dich hier durch wie eine Made. Und das bist du auch, eine Made. Fett und faul." Er steht vor mir. Er ist zwar nicht größer als ich, aber er ist schwerer und hat mehr Muskeln. Er arbeitet seit seinem 15. Lebensjahr auf dem Bau - schleppt Steine und Zementsäcke, mauert, säuft. Sein Atem brennt in meiner Lunge. Seine schlechten Zähne kommen immer näher, so als wollte er mich reißen wie ein Stück Vieh, das er erlegt hat. Ein Wolf, der ein Rehkitz in die Enge getrieben hat.

Sein Atem geht schwer, er hebt die Rechte, seine Augen starren mich an, wirr, bereit alles zu tun, was nötig ist. „Verpiss' dich", brüllt er kreischend. „Verpiss' dich, du Hurensohn." Ich ducke mich unter ihm zur Seite und jage aus dem Raum. Meine Schwester steht im Flur. Sie hat alles gehört. Wie immer. Sie sieht traurig aus. Irgendwie gebrochen. Ich kann diesen Anblick kaum ertragen und gehe aus dem Haus.

Erst auf dem Platz vor der Kirche bleibe ich stehen. Am Kiosk kaufe ich Zigaretten, setze mich auf eine kleine Mauer und rauche. Eine. Zwei. Drei. Vier.

Aus Richtung der Bar in der Zagrebačka ul. kommt ein Typ auf mich zu. Ich kenne ihn. Jeder kennt ihn. Keiner kennt ihn. Er heißt Marko. Macht Geschäfte. Das ist das, was alle wissen. Marko schaut mich an, nickt. Ich nicke zurück. Er setzt sich. Ich halte ihm die Largo hin, er nimmt eine und beginnt zu rauchen. Am Ende der zweiten Zigarette fragte er: „Kannst du fahren?" – „Ich habe keinen Führerschein." – „Kannst du fahren?" – „Da." Mein Bruder Goran hatte es mir gezeigt, auf einem alten Fiat eines Freundes. „Brauchst du Geld?" – „Da. Immer." – „Komm' am Montag ins Bistro. Um 12 Uhr." Ich nicke: „Wieso ich?" – „Ich mag Goran." Marko dreht sich um und geht zurück in die Bar.

12

Wenn die Sonne hoch genug steht, läuft das durchbrochene Sonnenrechteck durch meine Zelle.

Über's Bett, den bunten Vorleger, den Boden, bis zu meinem Schreibtisch. Sie leuchtet auf das Bild meiner Familie – meine Eltern, lachend, meine Schwester und ich in ihren Armen – die Turnermedaille, die bunte Tapete, das Regal mit meinen Büchern, meinem Fußball, die Kekse, und all die vielen kleinen Nachrichten, Bilder und Fotos und Schnipsel, die man im Laufe seiner Kindheit sammelt.

Zurück lässt mich die Dunkelheit in diesem Loch. Jeder Sonnenstrahl führt mich hier raus, in mein Leben zurück.

Ich fahre von Križ Richtung Popovača. An der Kreuzung nach Velika treffe ich Maksim. Er lehnt an der Ecke der Kneipe, schlendert auf mein Auto zu, als ich auf den Parkplatz fahre. „Bog. Hallo." Maksim sagt nicht viel. Maksim guckt. Er guckt alles und jeden genau an. Seine Augen scheinen alles zu durchdringen. Als ich ihn das erste Mal traf, starrte er mich an. Er starrte und starrte. Seine Augen folgten jeder meiner Bewegungen. So, als wolle er eine Wahrheit erkennen oder meine Gedanken aus mir rausstarren. Jetzt sitzt er neben mir und starrt. Starrt auf das Haus, auf die Kreuzung, den Schotterbelag des Parkplatzes. Sein

Osječko 1664-Sweat-Shirt ist ihm zu groß - dadurch wirkt er mit seinen dünnen Beinen und dem hageren Gesicht wie ein Vogel auf Stelzen.

Der Vogel hockt auf dem Beifahrersitz und ich fahre weiter nach Sisak.

Haus Nummer 22 in der Ulica Antuna Gustava Matoša ist vier Stockwerke hoch, grau verputzt, einfach. Hier wohnt Dana. Zumindest nennt sie sich so. Die untere Tür steht auf, wir gehen in die zweite Etage und klopfen an ihrer Tür. Sie öffnet. Dana hat eine Dauerwelle und ist stark geschminkt. Irgendein komischer Geruch kommt aus ihrer Küche, hinter ihr schreit ein Kind. „Bog." – „Bog." Maksim und Dana taktieren sich. „Und der?" Dana nickt in meine Richtung. „Ivo." Dana nickt. Sie weiß, dass sie keine andere Antwort bekommt. Sie lässt uns eintreten und manövriert uns in ihr Wohnzimmer. Von hier aus kommt man auf einen Balkon, der den Blick auf einen Spielplatz zulässt. Dana steht am Fenster. Blitzschnell ist sie auf dem Balkon und brüllt. „Vladislav, runter da." Auf dem Spielplatz tut sich nichts. Auf der Straße davor springt ein kleiner Junge von meinem Auto. „Was is'?" faucht sie mich an, „Hast du mir was mitgebracht?" Ich schüttele den Kopf. „Hier." Maksim streckt ihr einen Umschlag hin. Sie nimmt ihn hastig und zieht aus ihrer Hosentasche einen Autoschlüssel. Maksim nickt, sie nickt, wir gehen. „Bog." – „Bog."

„Wir fahren jetzt in die Ulica Hrvatskog Narodnog Preporoda. Das ist beim Güterbahnhof." Wir schweigen. Der Ablauf in Haus Nummer 17 gleicht dem in 22: „Bog." – „Bog." - „Ivo." Der Blick aus dem Küchenfenster, hinter dem wir stehen, geht auf die Straße hinaus: Wohnhäuser, Rasenflächen, Wege, Straßen, ein Haus wie das andere. Der Umschlag wird gegen einen Zettel getauscht. Wir gehen.

Maksim öffnet die Notiz, als wir schon wieder unterwegs sind. „Der LKW steht in einer alten Werkshalle an der Otokara Keršovanija."

Im Dunkeln kommen wir an der Kreuzung mit der Werkshalle an. Schon 500 Meter vorher habe ich das Licht ausgeschaltet. „Da, links." Maksim starrt in die Nacht. Wir halten auf dem Gelände, er öffnet die Tür ein Stück und lauscht. Er starrt und lauscht. Eine halbe Ewigkeit später gleitet er von seinem Sitz und verschwindet in der Halle. Jetzt erst wird mir klar, dass das Gebäude halb verfallen ist – nur noch eine Hülle von dem, was sie mal war. Ich lausche, höre einen Motor starten, ein Fahrzeug fahren. Im nächsten Moment fährt Maksim an mir vorbei, Richtung Zagreb.

In Okuje, kurz vor Zagreb, fahren wir auf einen Bauernhof. Maksim fährt direkt in die große Halle, ich parke vor dem Wohnhaus. Nach kurzer Zeit kommt Maksim heraus, verschließt das Hallentor hinter sich und steigt zu mir in den Wagen. „Fahr." – „Ich muss mal pissen." – „Fahr."

Ich starte den Motor. Hinter Mraclin fahre ich rechts ran und pinkle.

Bis zur Kreuzung nach Velika sagt Maksim kein Wort. Ich halte auf dem Parkplatz der Kneipe, er steigt aus. „Bog." – „Bog."

13

Der Gartenstuhl ächzt unter ihm, als Marko sich hineinfallen lässt. Er hat ein rundes Gesicht und rosa Wangen – trbonja, Dickbauch, haben ihn früher immer alle genannt. Er war schon immer dick, in letzter Zeit hatte er aber nochmal deutlich zugelegt. Sein Gürtel hielt die Hose notdürftig unter dem Bauch, der wie eine Lawine versucht aus seinem Unterhemd zu fließen. Marko hat kleine, tiefliegende Augen, eine breite Nase, die sich leicht nach oben neigt und einen viel zu breiten Mund. Die schiefen Zähne kommen immer dann gut zur Geltung, wenn er sich mit der Zunge die Zähne bleckt. Seine wulstigen Lippen öffnen sich dann immer einen Spalt breit.

Pockennarbige Wangen, lichtes Haar – alles in allem ist es nicht zu verstehen, warum er so einen Schneid bei Frauen hat. Oder vielleicht doch – Marko war der einzige von uns, der es zu etwas gebracht hatte, er besaß einen Wagen und eine Wohnung in Sisak.

Am Wochenende hat er immer eine Frau dabei – seine aktuelle hieß Ivanka. Sie kam aus Bjelovar und arbeitete in einer Bar. Aber nächstes Wochenende konnte seine Begleitung Milja, Kara, Jasmina oder Ana heißen.

Er starrt mich an. „Alles okay?" – „Ja" – „Der Laster?" – „In Okuje."- „Gut." – „Der Schlüssel?" – „Bei Marina." – „Dobro. Gut." Marko schaut über die Wiese, den Apfelbaum, beobachtet die Hühner, die in der trockenen Erde nach Würmern scharren. „Wein." – „Graševina?" – „Gut." Ich hole zwei Gläser und den Selbstgebrannten von meinem Onkel. Wir trinken schweigend. Nach einer Stunde geht er und lässt auf dem Tisch 400 Kuna liegen.

Ich öffne das Fenster und lasse die Geräusche herein. Kurzes Lachen. Ein Tischtennisball, der hin- und hergespielt wird, ein LKW-Motor in der Ferne. Wenn ich den Tisch unters Fenster ziehe und hinaufsteige, kann ich hinaussehen. Aber was bringt das? Einmal habe ich es getan, um mich zu orientieren, aber vor meinem Fenster liegen nur der Hof und die Mauer. Stacheldraht und Steine und ein bisschen zertrampeltes Gras. Meine Unruhe steigert sich wieder. Ich mache Liegestütze: 10, 20, 50, bei 100 höre ich auf. Ich lasse mich auf den Boden gleiten und drehe mich auf den Rücken. Er fühlt sich muskulös und warm auf dem kalten Boden an.

14

Ich treffe Marko vor der Kirche. Der Platz ist um diese Zeit belebt, in der Bar sitzen drei Verstreute, die immer da sitzen.

„Deine nächste Tour ist morgen." – „Da. Die Schlüssel?" – „Wie immer." Die Sonne senkt sich

gen Horizont. Das Pflaster glüht. Marko schwitzt wie ein Schwein. Schweiß rinnt ihm die Stirn hinab. Mit einem zerfledderten Stück Klopapier, das er aus seiner Hosentasche zieht, wischt er sich über's Gesicht. An seinen Bartstoppeln bleibt ein Fetzen Papier hängen. Sein Blick durchbohrt mich, so als wolle er herausfinden, ob seine Fracht bei mir in guten Händen ist. Ewigkeiten später hebt er seine fleischige Pranke, tätschelt mir fast väterlich auf die Wange und geht. Erst jetzt bewege ich mich. Der Schlüssel gleitet in meine Hosentasche, direkt neben die Nachricht von Zinka: Volim te. Ich liebe dich. Volim te.

Gejohle kommt von der Tischtennisplatte in meine Richtung. Ein lautes: „Ey!" schallt heran. Irgendwelche Pisser spielen. Spielen. Was hat spielen schon für einen Sinn? Bringt mich hier nicht raus. Nicht heute und nicht morgen. Sie haben sich abgefunden mit ihrem Schicksal und spielen. Spielen sich durch die Jahre. Looser. Kreten.

Zinka. Zinka hat immer gerne Handball gespielt. Ihre Eltern haben sie sogar zum Spielen ermutigt. Spielen sei gut für die Seele, hat Zinka immer gesagt. Ich habe gelacht.

Aber Zinka ist nicht mehr da. Zinka spielt mit einem anderen. Ich balle meine Faust und lasse sie gegen die Wand krachen. Ein beruhigender Schmerz durchzuckt mich. Nochmal. Und nochmal.

Die Fotze. So oft stand ich vor ihrem Haus. So oft habe ich gedacht, dass sie mein Leben ist. Aber ich war nicht ihres.

15

Ich blicke ein letztes Mal auf das Haus in der Milke Trnine. Ich sehe uns im Gras laufen, die Äpfel aufsammeln, den Hühnern hinterherjagen. Schöne Kindheit – traurige Kindheit. Abschied. Jetzt. Von hier. Von damals. Gehen und nicht wiederkommen. Der Schmerz, er sitzt neben den guten Erinnerungen und scheint alles zu vergiften: Zinka. Wie sie lacht. Wie sie mich anlächelt. Wie sie ihn anlächelt. Wie sie sich vorbeugt. Ihre warmen, weichen, roten Lippen, die sich leicht geöffnet auf den falschen Mund legen. Er – ein Schwächling, kein richtiger Mann. Das sagte ich ihr mehr als deutlich. „Geh", antwortet sie nur und schaut zur Tür. Die gerötete Wange leuchtet mir dabei wie ein Banner entgegen. „Geh' und lass' dich hier nie wieder blicken." Ich trete gegen das Regal. Bücher fallen heraus. Ein Märchenbuch, ein Gedichtband, mehrere Krimis, ein deutsches Wörterbuch.

Ich drehe mich um und gehe. Den Gartenweg entlang durch das Tor, die Straße hoch zu meinem Haus. Mein Herz wird schwer und schwerer. Jeder Schritt entfernt mich von unserem zukünftigen Leben, unseren Kindern, unserer Bank unterm Apfelbaum.

Ein Auto parkt am Straßenrand. Da, wo ich gehen will. Ich hasse es. Ich trete gegen die Stoßstange und gegen die Scheinwerfer. Krach, es macht Krach und es ist geil. Es fühlt sich super an. Ich hasse dieses Auto und trete in die Seitenscheibe. Ich hasse sie und trete gegen die Rückleuchte. Ich hasse ihn und trete die vordere Stoßstange ab. Ich hasse hier alles. Ich breche eine Latte aus einem Gartenzaun und schlage auf das Auto ein. Irgendwann steht da ein Polizist. Und noch einer. Sie haben die Waffen gezückt. „Ivo." Ich höre sie von weit weg. „Ivo." Weit, weit weg. „Ivo." Sie kommen näher. Ich halte inne und schaue den einen an. Zlatko heißt er, glaube ich.

Als meine Wange auf die Straße gedrückt wird, merke ich, dass sie mir Handschellen anlegen. Der andere zieht mich auf die Beine. Ich starre ihn an. Versuche ihn zu erkennen – aber er ist mir fremd. Ist das möglich? Ein Fremder. Ich spucke ihm ins Gesicht. Er rammt mir irgendetwas in den Bauch. Mein Oberkörper kippt kurz vorn über, aber ich kann mich halten. „Komm", sagt Zlatko nur. Sie setzen mich in ihren Wagen und fahren los. Vorbei an ihrem Haus. Hinunter zur Wache.

Draußen im immer gleichen Hof. Die Hitze strahlt vom Beton ab, vom Asphalt. Selbst diese verdammte Bank aus Stein ist glühend heiß. Die Hitze kriecht durch den Stoff der Hose. Zwischen meinen Schultern bildet sich der Schweiß. Langsam fließt er über den Rücken herunter.

Ich blinzle in die Sonne und versuche so lange wie möglich hineinzusehen.

Sie blendet heiß und hell. Ich blinzle. Meine Augen fühlen sich trocken an. Es beginnt zu schmerzen. Ich starre. Starre weiter in das Glühen. Dajana stößt mich an. Lachend wirft sie mich um. Mein Ellenbogen landet auf der Bank, ein Splitter rammt hinein. „Ivo, nimm nicht immer alles so ernst. Komm' schon, starrender Fisch, wir gehen zu den anderen." Sie stößt mich an, ich schaue instinktiv zur Seite. „Blöde Kuh, ich hätte noch länger gekonnt." „Ja, aber deine Augen wären rausgefallen." Sie rennt ums Haus. Ich ziehe den kleinen Holzspan aus meiner Haut.

Ich drehe die Zigarette in meiner Hand. Das Glimmen wetteifert mit der Sonne. Ein tiefer Zug und schon kommt die Glut nahe an meine Finger. Die Hitze ist spürbar. Noch einmal ziehen und sie trifft auf meine Haut. Ich schnipse den Stummel weg und sehe zu wie der Rest verglüht.

Mein Blick fällt auf die Mauer gegenüber. Rote Ziegel. Wie alles andere heiß und hoch. Kein Entkommen. Ein Schmetterling landet im Gras. Zwei Flügelschläge später ist er schon wieder in der Luft und nur noch ein paar Atemzüge lang zu sehen. Fliegen. Raus hier. Neben der trägen Hitze macht sich Unruhe in mir breit. Raus hier. Raus hier.

16

Es ist diese Unruhe in mir – tief und dunkel, vibrierend und unaufhaltsam dröhnt sie in meinem Innern. Sie wird lauter und lauter mit jedem Tag.

Meine Beine zittern. Meine Rechte ballt sich zur Faust und schlägt in die Handfläche der Linken. Einmal. Zweimal. Dreimal. Viermal. Meine Beine vibrieren immer mehr. Mein Körper bebt. Tief im Innern erhebt es sich – düster und böse. Ich springe auf. Getrieben gehe ich drei Schritte nach links, drehe um. Drei nach rechts. Umdrehen. Drei nach links. Umdrehen. Ein Löwe im Käfig. Ein König im Käfig. Ich im Käfig. Eingesperrt in dieses Loch. Diese Wichser. Sperren den König in dieses Loch. Meine Schläge werden brutaler. Schneller. Meine Handfläche ist gerötet und fängt an zu brennen. Ich mache ein paar Tritte in die Luft. Aber ich brauche einen Widerstand. Etwas Lautes. Etwas, das mich fühlen lässt. Umdrehen. Drei Schritte nach links. Umdrehen. Schläge in die Handfläche. Härter. Ich trete gegen den Schrank. Einmal. Zweimal. Härter. Dreimal. Viermal. Härter. Fünfmal. Mit aller Kraft. Meine Faust rammt sich in die Tür. Nochmal. Nochmal. Tritte. Fäuste. Scheiß Schrank. Scheiß Wichser. Sperren den König ein. Aber nicht mit mir. Nicht mit mir. Ich trete weiter. Ramme meine Schulter an die Zellentür. Tritte. Fäuste. Schulter. Ich schreie. Schreie die Tür an. Den Schrank. Die Wichser. Dan. Marko. Ich schreie. Schlampe. Zinka. Fotze. Marko. Dan. Blut läuft über meine Knöchel, ich bemerke es, kann es aber nicht fühlen. Ich schreie. Trete.

Auf einmal geht die Welt unter. Die Zellentür wird aufgestoßen. Laut schreiend stürmen sie die Zelle. Vier, fünf vielleicht sechs Wichser. In schwarz mit Helmen. Sie reißen mich zu Boden, Ich wehre mich. Aber – zu viele. Zu viele. Überall sind sie. Ein Knie bohrt sich in meinen Rücken. Auf meinem Nacken ist irgendwas. Meine Wange wird auf den Boden gepresst. Mein Atem - ich kann kaum atmen. Ich merke wie es sich in mir regt. Wie es sich wehrt – aber ich habe verloren. Ich versuche zu treten. Ich kann mich nicht bewegen. Sie sind überall. Es sind zu viele. Sie schreien und brüllen und denken, dass sie mich damit einschüchtern – aber das tut es nicht. Es ist nicht der Moment mich zu wehren – also tue ich es nicht. Ich gebe nicht auf, aber meine Stunde wird später kommen. Meine Arme und Beine entspannen sich etwas. Ich höre meine Atmung schwer und laut. Sie fesseln meine Hände auf dem Rücken und reißen mich an den Oberarmen nach oben. Sie denken, das war brutal. Das war nichts. Diese Deutschen sind zu weich. Sie können nicht gegen mich gewinnen. Mich, den Löwen. Den Löwen, der für dieses eine Mal aufgibt.

Sie bringen mich durch lange Gänge in eine spezielle Zelle – besonders gesicherter Haftraum nennen sie es. Gekachelt von oben bis unten. Statt Klo nur ein Loch im Boden. Keine Möbel, dafür Haken am Boden, eine Matratze. An diesen werde ich fixiert. Ich versuche mich zu wehren, ein letztes Aufbäumen, merke aber schnell, dass ich keine

Chance habe. Ich sitze fest. Keine Regung möglich.

In mir vibriert es immer noch. Schwächer, aber es ist noch da. Erschöpfung breitet sich aus. Jemand kommt und versorgt die Wunden an der Hand.

Dann bin ich allein. Ich versuche ruhig zu atmen. Sie haben meinen Körper gefesselt, meinen Geist nicht. Einen König kann man nicht einsperren. Ein König geht, wenn er will. Ich werde gehen. Hier hinaus. Ich weiß jetzt, was ich zu tun habe. Ich muss einen Weg hier raus finden.

17

Tripke hat mich zu meinem ersten Arbeitstag geweckt. Hat was von Vertrauen und Vorschuss gefaselt. Interessiert mich nicht besonders, was er sagt. Macht einen auf freundlich, aber ist doch genauso ein Hurensohn wie alle anderen hier. Tischlerei also. Paletten zusammenbauen. Govno.

Es ist ein langes, hohes Gebäude. Aber, gibt es hier eigentlich noch etwas anderes außer langen, hohen Gebäuden? Durch eine Stahltür kommt man hinein, durch einen kleinen Flur, von dem eine Treppe und ein Frühstücksraum abgehen, betreten wir die Halle. Sie ist vielleicht 6 Meter hoch, hat eine Fensterreihe an einer Längsseite in ca. 3 Meter Höhe. Die Halle steht voll mit Maschinen, Arbeitstischen, Schränken, Holz und Paletten.

„Hier ist Ihr Arbeitsplatz. Bediensteter Sauer wird Ihnen alles zeigen. Ich hole Sie am Ende der Schicht gemeinsam mit den anderen wieder ab." Tripke geht. Ein Typ steht vor mir. Das wird Sauer sein. Er hat graue Haut und graues Haar. Schlaff und leicht dicklich. Stechende Augen.

„Herr Branković." Eine Feststellung, keine Frage. Sicher, jeder weiß, wer ich bin. Wo ich bin. Wann ich bin. Was ich gerade tue. Was sie nicht wissen, ist, was ich denke. Was ich von ihnen halte. Wie gerne ich jedem einzelnen den Schädel einschlagen würde. Diese armseligen Wichser.

„Sie arbeiten mit Schmidtke zusammen an der Kreissäge. Haben sie schon mal mit einer Kreissäge gearbeitet?" Ich nicke. „Gut. Sie legen mit

Schmidtke zusammen die langen Planken auf die Säge. Hier sehen sie Markierungen, die zeigen die abzuschneidende Länge an. Alle zersägten Bretter heben sie auf diesen Rollwagen – alles klar?" – „Da." Ich nicke abermals. War ja nicht besonders kompliziert – Bretter sägen und da rüber legen.

„Schmidtke, das ist Herr Branković, Sie arbeiten jetzt mit ihm zusammen." – „Jo", Schmidtke grinst und zeigt dadurch seine schiefen Zähne. „Ich hol' mal Kaffee, willst du auch?" Schmidtke guckt mich an. Er will nett sein, aber warum? Was will er denn von mir? Manchmal muss man kämpfen und manchmal muss man lächeln. Ich nicke.

Sauer geht mit Schmidtke Richtung Kaffeemaschine und gibt ihm zwei Becher. Sauer füllt zwei Becher voll und gibt einen dem anderen Schließer. Schmidtke füllt Kaffee ein und kommt zurück. Sein viel zu großes T-Shirt schlabbert ihm um den Oberkörper. Bestimmt 'n Ex-Junkie. So hager und krank, wie der aussieht. Er gibt mir einen Werbebecher mit dem Aufdruck vom Kölner Dom. Der Kaffee schmeckt billig. Ich verziehe leicht den Mund, Schmidtke grinst schon wieder. Ein Grinser: „Schmeckt scheiße, aber is' heiß."

Nach einer halben Tasse fragt er mich, warum ich hier bin. „Anordnung vom Richter." Geht ihn gar nichts an. Schmidtke lacht ein bellendes Lachen: „Der war gut. Aber is' schon klar, bleibt dein Geheimnis."

Wir beginnen die Bretter auf den Kreissägetisch zu legen, kürzen sie auf die entsprechende Länge und legen sie auf einen Wagen, der, wenn er voll ist, von uns zu demjenigen gefahren wird, der die Paletten beplanken soll.

Es ist eintönig, aber ich kann mir dabei den Raum genau ansehen.

Unsere Kreissäge steht im hinteren Teil des rechteckigen Raumes. Die eine Längsseite ist hoch, vielleicht 5 Meter. Hier befinden sich weit oben Fenster, die zwar dreckig sind, aber immerhin Tageslicht durchlassen. Die Fensterfront endet an einem Werkstor, das im hinteren Bereich des Gebäudes ist. An der gegenüberliegenden Seite befindet sich ein Fenster. Noch weiter oben, vielleicht in 4 Metern Höhe, mit einem Außengitter gesichert. Ich frage mich noch, warum dieses Fenster mit einem Gitter gesichert ist, die anderen gegenüber aber nicht, als Schmidtke mich anstößt. „Pause." Sagt er und deutet auf den Ausgang. Wir gehen durch einen Gang zu einem Raum, dessen Fenster in den Hof zeigen. Dort setze ich mich an einen Tisch und schaue mir die anderen an. Tätowierungen, billige Anstaltskleidung und aufdringlicher Männerduschgelgeruch mischen sich mit Zigarettenrauch. Ich hole mir noch einen Kaffee, um einen anderen Geruch in der Nase zu haben. Zwei lesen Bild, einer raucht und drei unterhalten sich über Fußball.

„Das ist Branković", Schmidtke lässt die anderen an seinem neuen Wissen teilhaben. „Und, wo kommst du her?" Ein Typ mit einem Popel in der Nase glotzt mich dämlich an. „Jugoslawien?" Seine Augen sehen bleich aus, seine Haut ist grau. „Hrvatska." erwidere ich. Popelfresse ist ein Volldepp, ein Arsch. Šupak. „Aha, und wie lange hast du gekriegt?" Ich starre ihn an. Sein ausgeblichener und unförmiger Pulli hängt ihm von den Schultern, eine schlechte Rasur zeigt hier und da noch Bartstoppeln, seine Haare sind fettig. Ich sage nichts. Er wird nervös: „Sagen wir uns hier alle – wieviel wir gekriegt haben." – „Du hast Popel in Nase." Alle stieren auf seine Nase, nach einem kleinen Moment der Stille, brüllen sie vor Lachen los.

Als wir wieder an der Säge stehen grinst der dauergrinsende Schmidtke mich an: „Popel was?" Ich lege ein Brett auf den Sägetisch. Mehr habe ich heute nicht zu sagen.

Mein Blick fällt auf das Fenster. Warum ist es gesichert, die anderen aber nicht? Ich will das wissen.

Der Rest des Tages wird nur noch vom Mittagessen unterbrochen. Wir gehen dazu gemeinsam in eine Art Kantine, in der wir genau das Essen bekommen, was bisher in den Dreckszellen gegessen wurde.

Den Nachmittag über versuche ich mir die Tischlerei einzuprägen.

An der kurzen Wand gegenüber dem Eingang stehen Palettenstapel. Von hier können sie schnell auf Laster geladen werden, die am Werkstor halten. Die Stapel gehen nicht bis zur Längswand, sie sind nur in der Mitte der kürzeren Wand aufgebaut. Hinten in der Ecke, unter dem Fenster mit dem

Gitter, steht ein Gabelstapler. An den Wänden und in der Mitte des Raumes befinden sich Tische, Hobelbänke, Regale, Schränke mit Schubladen, Sägen, zu verarbeitende Holzstapel, fertige Bretter. An der Decke hängen große Rohre, um die staubige Luft abzusaugen.

Alle arbeiten betont langsam. Es gilt, die Zeit totzuschlagen, egal wie. Wenn es sein muss auch mit dem Zusammenbau von Paletten. Kaffee wird viel getrunken. Die Kaffeemaschine ist ein Ort, wo man gerne zu zweit steht. Wenn Popelnase an der Kaffeemaschine steht kommt immer auch ein bulliger Typ dazu. Sie reden kurz miteinander, werfen Blicke durch den Raum.

Am Ende eines Arbeitstages müssen die, die ein Werkzeug ausgeliehen haben, dieses an Herold, den anderen Schließer von heute morgen, zurückgeben. Das Ganze wird dann in einem Buch vermerkt. Diese deutschen Naziarschlöcher haben auch nichts anderes zu tun als alles aufzuschreiben.

Abends liege ich auf meiner Drecksmatratze, starre an die Decke. Das Fenster mit dem Gitter, warum ist es gesichert?

18

Der nächste Tag in der Tischlerei fühlt sich an, als sei ich hier schon seit hundert Jahren. Hundert Jahre in dieser Scheiße hier. Das vergitterte Fenster, vielleicht brauche ich es gar nicht. Was ich brauche, ist ein Weg. Ein Weg hier raus. Verdammte Scheiße. Nach meinem dritten Kaffee muss ich pissen.

Die Klos. Der einzige Raum ohne Überwachung. Der einzige Raum mit einem Fenster. Ich bleibe mitten im Raum stehen und lausche. Die Geräusche aus der Halle dringen dumpf zu mir, aber vor der Tür wirkt alles ruhig. Ich gehe zum Fenster. Ein kleines eckiges Fenster mit milchigem Glas. In der Scheibe ist ein Drahtgeflecht zu sehen. Ein kleines Schloss soll das Öffnen verhindern außerdem ein Riegel von innen, der an der Wand befestigt ist. Eine Abdeckung ist zu sehen – was ist darunter? Eine große Mutter? Kreuzschlitz? Inbus? Ich wackele an der rechten Abdeckung – sie sitzt fest. Wie Beton, unverrückbar. Die Linke genauso.

Ich gehe pissen und dann zurück zur Halle. Ich weiß jetzt, was ich tun muss – ich muss unter die Abdeckung gucken.

19

Wieder ein Morgen, wieder die Tischlerei. Ich gehe mit den anderen zum Tischlereigebäude. Der graue Kasten. Ich schaue ihn wieder entlang. Wie jeden Morgen. Fenster, die Eingangstür, Fenster, ein Zaun, der vom Gebäude quer über den Hof läuft, eine Hausecke, ein Regenrohr, Rasen. Eine Mauer – vielleicht zwei Meter hoch – darauf ein Zaun, oben Stacheldraht. Dahinter – nichts. Oder alles. Kein zweiter Zaun zu sehen, keine zweite Mauer. Nur der Zaun der die Tischlerei mit einem anderen Gebäude verbindet.

Eine Mauer mit einem Zaun und Stacheldraht. Dahinter nichts. Durch einen Zaun und dann is' man draußen. Ein Zaun. Mein Ausweg. Ein Zaun. Nur ein Zaun. Ich muss nur hinkommen.

In der Tischlerei empfängt mich der gleiche holzige Geruch wie jeden Tag. Das Licht fällt durch die hoch oben angebrachten Scheiben. Milchig fällt es herein – durch Dreck und Staub weich gezeichnet. Sauer geht in sein Kabuff und drückt auf ein paar Knöpfe. Die Neonröhren knacken und gehen an, der Lüfter beginnt zu dröhnen, hier und da leuchtet eine Iode auf.

„Ich gehe pissen", sage ich zu Herold, der an der Kaffeemaschine rumfummelt. Er nickt. Ich gehe ins Treppenhaus und in das obere Stockwerk. Dann zum Klo. Durch das kleine, vergitterte Fenster kann ich den Zaun sehen. Meinen Zaun. Aber ich sehe ihn durch Gitterstäbe und Natodraht und bin weit von ihm entfernt. Die Abdeckungen lassen sich immer noch nicht lösen.

Auf einmal Schreie und Unruhe von unten. Schnell gehe ich zurück zur Halle. Alle stehen im hinteren Bereich bei den Palettenstapeln rum. Steven, irgend so'n Spinner mit Hakenkreuztattoo, sitzt im Stapler und ist bleich. Herold macht ihn zur Schnecke. Sauer hängt am Funkgerät. Steven scheint vorwärts statt rückwärts gefahren zu sein und ist mit einer Palette auf der Gabel in das obere Fenster gekracht. Glas liegt auf dem Boden, der

Blick gen Himmel ist frei – allerdings zerschnitten durch Gitter. Mein vergittertes Fenster. Langsam steigt Steven aus dem Stapler – zwei Typen klopfen ihm aufmunternd auf die Schulter. Herold regt sich weiter auf. Sein Blick fällt auf mich. „Branković!" Ich schaue ihn an. Er winkt mich zum Palettenstapel. „Malusch! Streibel! Hierher!" Streibel wird in den Stapler gesetzt – er soll die Palette runterholen. Er fährt ein Stück rückwärts und senkt die Palette ab. Malusch und ich nehmen sie von der Gabel und legen sie zur Seite. „Nein." Herold blafft wie eine Bulldogge. Speichel fliegt ihm dabei aus dem Mund, der gegen das Licht deutlich sichtbar durch den Raum fliegt. Deutsche Nazibulldogge. „Ihr sollt da raufsteigen und oben die Scherben vom Fenster sammeln."

Wir legen die Palette zurück auf die Gabel und hocken uns drauf. Streibel fährt vorsichtig nach vorne und liftet uns dann nach oben. Ca. 1 m unter dem Fenstersims bleibt er stehen. Wir stellen uns hin. Malusch beginnt sofort damit die Scherben einzusammeln. Ich starre nach draußen. Eine Mauer, ein Zaun, ein Natodraht. Dahinter nichts. Davor Rasen. Ungefähr zwei Meter unter dem Fenster: Ein Dach. Deshalb das Gitter – man kann von hier aus auf ein Dach gelangen. Ein niedrigerer Teil des Gebäudes. Ein Fenster. Gitterstäbe. Ein Dach. Nichts. Ein Rasen. Eine Mauer. Ein Zaun. Nichts. „Schlaf' nicht," blökt Herold von unten. Ich sammle Scherben ein. Schaue immer wieder nach draußen. Langsam fummle ich Scherben aus dem Rahmen. Freiheit. Ich sehe das Gitter. Und erkenne meinen Weg. Das Gitter ist von außen mit Bolzen gesichert, die innen mit Muttern verschraubt sind. Aber die Muttern liegen frei. Man kann sie aufdrehen. Einfach so. Während ich die Scherben langsam rausfummle presse ich meine Hand gegen eine Mutter. Es schmerzt. Ich presse fester - brauche einen ungefähren Abdruck, damit ich weiß, wie groß sie ist.

Nachdem die Scherben eingesammelt sind, fährt uns Streibel wieder nach unten. Ich schaue auf meine Handinnenfläche und sehe den roten Abdruck.

Zwei Schließer kommen und inspizieren den Schaden. Stehen herum und labern und machen einen auf mächtig wichtig. Ich verdrücke mich zur Kreissäge, die ein Metermaß auf dem Sägetisch hat. 2,5 cm ist der Abdruck im Durchmesser. In Gedanken bin ich bei dem Fenster. Da durch. Muttern, die 2,5 cm groß sind. Über das Dach und durch den Zaun. Draußen. Ganz einfach.

Nach dem Mittagessen kommen wir wieder in die Tischlerei. Ich gehe zur Säge und warte auf Schmidtke, um die Bretter wieder auf die Säge zu legen. Herold kommt mit zwei Männern rein. Sie tragen Jacken mit dem Aufdruck einer Glaserfirma. Herold fängt an mit ihnen im hinteren Teil der Halle zu diskutieren. Schmidtke kommt. Wir legen Bretter auf den Sägetisch und zerschneiden sie. Mit einem Auge bin ich bei diesen Männern. Sie haben große Werkzeugtaschen dabei. Streibel wird wieder gerufen. Die beiden steigen auf die Palette auf dem Stapler und werden langsam hochgehievt.

Die Idioten bleiben stehen und hocken sich nicht hin. Daher müssen sie sich aneinander festhalten, um das Gleichgewicht nicht zu verlieren. Schmidtke kichert. Ich schnaube verächtlich. Sie tun ihre Arbeit und setzen eine mitgebrachte Scheibe ein. Sie arbeiten langsam, nehmen immer wieder Werkzeug aus ihren Taschen und legen es zurück. Tauschen es untereinander aus, so dass es in die Tasche des anderen gerät. Sie haben keinen Überblick über ihr Werkzeug. Können sie nicht haben. Als sie wieder runterfahren stellen sie die Werkzeugtaschen am Palettenstapel ab. Herold winkt sie zur Kaffeemaschine und labert sie voll. Demonstrativ wirft er einen strengen Blick in unsere Richtung. In Wahrheit interessiert es ihn einen Scheiß, was wir tun. Er ist auf seine Laberei konzentriert. Ich nehme Planken und lege sie auf den Stapel mit zugesägten Brettern. Ich habe nicht viel Zeit, aber ich muss an die Werkzeugtaschen. Ich brauche einen Maulschlüssel, um die Muttern zu lösen. Tko ne riskira, ne profitira. Wer nicht wagt, der nicht gewinnt.

Ich schiebe die Karre mit den Brettern an die hintere Wand – hier holt sich dann irgendwer diesen Scheiß zur Weiterbearbeitung. Langsam schiebe ich am Werkzeugkoffer vorbei. Auf der Seite stecken Schraubenzieher, zwei Schraubenschlüssel liegen oben im Koffer. Außerdem Maulschlüssel. Achtlos reingeworfen.

Ich schaue mich um. Alle sind mit sich selbst beschäftigt. Herold labert. Ich bücke mich schnell und stecke einen Maulschlüssel in meine Socke.

Schnell wieder hoch und weiterschieben. Ich stelle die Planken ab und gehe zu meiner Kacksäge zurück.

Schmidtke und ich legen wieder Bretter auf und sägen. Holzbrett. Säge. Brett. Säge.

Ich spüre das schwere Metall an meinem Knöchel. Bei jedem Schritt merke ich den Maulschlüssel. Fängt er an lockerer zu werden? Rutscht die Socke? Ich versuche die Lage des Schlüssels zu fühlen. Er bewegt sich leicht bei jedem Schritt. Ganz wenig. Hoffentlich wird das nicht mehr. Ich schaue mich um, will mich bücken, aber Herold steht an der Maschine neben uns und labert irgendwas.

Die Glasertypen sind wieder bei ihren Taschen und packen zusammen. Meine Muskeln spannen sich an, mein Atem wird flacher. Einer schaut in die Werkzeugtaschen. Ich merke, wie ich aufhöre zu atmen. Alles scheint wie in Zeitlupe abzulaufen. „Ha'm wir allet?" – „Jo!" Der Kleinere der beiden macht die Schnallen der Werkzeugkoffer zu. Jeder nimmt einen und sie gehen in Richtung Ausgang. Ich atme aus. Sie haben nichts gemerkt. Wirklich nichts gemerkt. Diese Vollidioten.

Herold läuft wichtig hinter ihnen her. Labert wieder irgendwas. Als ich mich bücken will, kommt er in unsere Richtung. Scheiße. Ich mache einen Schritt zur Seite, um ein Brett auf den Sägetisch zu legen. Der Maulschlüssel verrutscht. Ich atme langsam, lege das Brett ab, versuche mir nichts anmerken zu lassen. Keiner hat etwas bemerkt. Nur ich. Die Socke muss runtergerutscht sein. Nur ein Stück, so dass sich der Maulschlüssel bewegen konnte. Es fühlt sich an, als hinge er schief in meiner Socke, abgestützt vom Hosenbein. Hoffentlich guckt mir jetzt keiner auf's Bein. Ich wage nicht runterzuschauen, um die Aufmerksamkeit nicht darauf zu lenken.

„Muss pissen." Ich drehe mich um und gehe langsam zu Sauer. „Pissen." Er nickt. Ich gehe aus der Halle und über die enge Steintreppe nach oben. Als ich auf der Treppe außer Sichtweite bin, ziehe ich schnell die Socke wieder hoch. Ich gehe weiter die Treppe hoch, durch den Gang, öffne die Klotür und gehe in die Klokabine. Ich ziehe den Maulschlüssel aus der Socke und atme tief durch. Ich habe ein Werkzeug. Niemand hat etwas gemerkt, niemand wird ihn vermissen. Schwer liegt er in meiner Hand. Er ist stark gebraucht. Ein solider Handwerkermaulschlüssel. Der Abdruck der Mutter ist noch blass in meiner Hand zu erkennen. Ich lege den Schlüssel darüber. Er ist zu klein. Ich atme aus. Scheiße. Zu klein? Scheiße. Kackmist. Ich schlage mit der Faust. Ich schlage mit der Faust gegen die Betonwand. Zu klein. Ruhig bleiben. Zu klein! Ruhig bleiben. Klein ist besser als zu groß. Scheiße. Ruhig bleiben. Wie soll ich die Scheiße größer machen? Ich drehe ihn, um die andere Seite auszuprobieren, Sie schien etwas größer zu sein. Vielleicht geht sie. Ich bin nicht sicher. Mist. Ich weiß es nicht. Könnte klappen. Könnte zu klein sein. Ich sitze auf dem Klodeckel. Mein Kopf wird leer. Ich schaue auf die Wand gegenüber. Die dunkelgrauen Fugen, die hässlichen gelben Fliesen. Der Maulschlüssel in meiner Hand.

Vielleicht geht es doch. Vielleicht. Ich sitze dort eine Weile. Ich muss zurück, sonst kommt gleich jemand. Ich ziehe meinen Fuß aus dem Schuh und gemeinsam mit dem Maulschlüssel stecke ich ihn wieder hinein. Socke drüber. Der Schlüssel ragt nun teilweise aus dem Schuh. Ich ziehe wieder die Hose drüber. Nichts zu sehen. Ich schnüre den Schuh eng zu. Nun dürfte nichts mehr verrutschen. Ich gehe nach unten, nicke Sauer zu und hole mir Kaffee.

Ich arbeite weiter. Irgendwann fängt mein Knöchel an zu schmerzen. Ich bewege mich möglichst wenig, lege die Bretter auf die Säge. Dann ist der Tag zu Ende. Jeder Schritt brennt mittlerweile wie Feuer. Von Herold werden wir wieder zu unseren Kackzellen gebracht. Ich bin fast froh, wieder in der Dreckszelle zu sein. Mein Arsch berührt die Matratze und meine Beine strecken sich. Ich presse meinen Kiefer aufeinander, versuche den Schmerz niederzuringen. Der Schuh lässt sich schwer ausziehen. Durch die Socke gehalten, bewegt sich der Schlüssel nicht. Zähne zusammenbeißen und Socke ausziehen. Ich halte den Maulschlüssel fest, damit er nicht auf den Boden knallt. Er ist blutverschmiert. Vorsichtig wie einen Schatz betrachte ich ihn. Ich stehe auf und gehe zum Waschbecken. Bevor ich ihn verstecke, muss ich das Blut abwaschen. Erst jetzt betrachte ich meinen Knöchel. Er brennt. Die Haut an der Stelle, wo sich der Schlüssel befand, ist verschwunden. Ich kann mein rohes Fleisch und Blut sehen. Ausgefranste Ränder versuchen die Wunde von unbeschädigter Haut zu trennen. Ich spüre den Wundschmerz. Spitz und heiß. Scharf und schneidend. Blut tritt aus. Nicht viel. Nur so viel, dass die Wunde nass ist. Ich sehe das rote Nass. Wie das Licht sich in der Oberfläche bricht. Wie die Feuchtigkeit leicht Richtung Boden rutscht.

Rot. Ich widerstehe den Drang meinen Finger in die Wunde zu legen, kratze stattdessen ein wenig an der Haut herum. Versuche ausgetrocknetes Blut abzukratzen.

Bluten ist gut. Es spült den Dreck aus der Wunde. Solange bis sie sich schließt. Aber die Wunde ist kein Schnitt. Es ist flächig abgescheuerte Haut. Ich gehe zum Waschbecken und spüle die blutige Socke aus. Rotgefärbtes Wasser läuft in den Ausguss.

„Was war los?" Yasha hängt über dem Waschbecken und wäscht sich sein Gesicht. Das abfließende Wasser ist rot. „Nix", Yasha redet wenig. Schon gar nicht über Geschäfte. Erst recht nicht über Prügel, die er bezieht – von wem auch immer. Ich mache einen Schritt zurück und schließe die Tür.

Die nasse Socke hänge ich über die Stuhllehne. Eine Socke nass – eine am Fuß. Ich ziehe die Zweite aus, wasche sie kurz durch und hänge sie daneben. Bloß keine Aufmerksamkeit erregen. Niemand darf die Wunde sehen. Zuviele Fragen wären jetzt nicht gut. Nicht jetzt wo ich das Fenster habe. Und einen Maulschlüssel.

Der Maulschlüssel – ich muss ihn verstecken. Ich schiebe ihn unter die Matratze – das schlechteste Versteck der Welt. Ich lege ihn unter meine Klamotten. Nicht gut. Unter den Schrank. Nicht gut. Ich stehe in der Dreckszelle und schaue mich um. Ich brauche ein Versteck – groß genug für den Maulschlüssel. Mein Blick fällt auf den Billigpullover und auf das Bündchen. Ich nehme ihn und schaue das Bündchen genau an. Könnte gehen. Ich trenne von innen das Bündchen auf und schiebe den Maulschlüssel rein. Von außen ist der Abdruck des Schlüssels deutlich zu sehen. Es hält nur einem sehr oberflächlichen Blick stand. Ich brauche ein besseres Versteck. Aber ich habe momentan kein anderes. Ich falte den Pulli so, dass das Bündchen von Stoff umschlossen ist und lege ihn in den schäbigen Schrank.

Es hämmert einmal gegen die Tür. Ich erschrecke, drehe mich zur Tür. Der Schlüssel dreht sich, die Tür geht auf. „N' Abend." Ein Knacki bringt den Abendfraß. Er registriert, dass ich barfuß bin, guckt kurz auf meine Füße, stellt das Tablett ab und geht.

20

Ich erwache früh. Mein erster Gedanke gilt dem Werkzeug im Pulli. Wo soll ich ihn verstecken? Ich werde ihn heute hier lassen müssen.

Ich schaue mir meine Wunde an. Sie wird durch eine trockene Kruste verschlossen – immerhin. Die

Socken sind noch leicht feucht. Ich nehme zwei neue Paar aus dem Schrank. Eine Socke wickle ich um den Knöchel, eine Zweite ziehe ich darüber.

Es hämmert an der Tür. Schlüssel, Tür auf. Tripke schaut rein: „Alles klar?" – „Da." Ich nicke. Er wirft einen Blick in meine Zelle und lässt die Tür auf. Ich ziehe die Schuhe an und gehe zu den anderen. Gemeinsam geht es Richtung Tischlerei. Jeder Schritt schmerzt – obwohl die Socke etwas lindert. Ich lenke meine Aufmerksamkeit auf den Weg zur Tischlerei.

Wir verlassen das Haus, in dem die Zellen sind. Über einen schmalen, langen Hof geht es an zwei anderen Häusern vorbei. Wir biegen um eine Ecke und sehen die Tischlerei.

Zwei Stockwerke, zwei Reihen Fenster, die Tür, Fenster, der Zaun quer über'n Hof. Das Regenrohr an der Ecke des Hauses, der Rasen, die Mauer mit dem Zaun.

Das Regenrohr hat einen Stahlkranz aus Spitzen, die abwärts zeigen. Soll ein Schutz sein, dass keiner raufklettern kann. Sie sind 40-50 cm lang und umschließen die Rohre wie Sonnenstrahlen. Nur dass sie kein Leben geben, nicht die Haut wärmen, sondern dazu da sind diese zu durchschneiden. Das Blut herausfließen zu lassen, bis die Erde darunter rot ist und der leblose Körper am Fallrohr hängen bleibt. Am Ende des Rohres das Flachdach. Darauf kommt man, wenn man aus meinem Fenster springt. Aus dem Fenster, vom Dach, durch den Zaun. Es ist ganz einfach. Ich

muss grinsen. Es ist ganz einfach. Einfach rausspazieren.

21

Abends sitze ich eine Stunde im Hof. Ganz einfach. Einfach rausgehen. Mein Blick schweift zur
Mauer, die ich von hier aus sehen kann. Auf dem
Weg dahin bleibe ich an einem der Bäume hängen. Es ist ein alter Baum mit einer knorrigen Rinde. Ein bisschen wie die Bäume zu Hause.

*Die Rinde der Bäume ist rau, kantig, tief, ver-
narbt. Ich kann meinen Finger in die tiefen Rillen
legen. Die Farbe ist ein sonnengegerbtes braun-
rot. An einigen Stellen hat sich Moos gebildet.
Überall haben sich blaugrüne Flechten ausgebrei-
tet. Es sind alte Bäume. Sie stehen hier seit ich
denken kann und wer weiß wie viel länger. Ich
kann sie fühlen, wenn ich nur an sie denke. Sie
wachsen auf diesem kargen Boden, der hart und
unnachgiebig ist.*

*Dieser Teil des Waldes diente uns Kindern als
Versteck. Hierher konnte ich flüchten, wenn ich
allem entkommen wollte. Der Welt entkommen und
geschützt von diesen Bäumen sein. Liegen. Schlafen. In die Wolken gucken. Wenn mein Bruder und
ich keine Lust hatten auf dem Feld mit den Bienen
zu kämpfen und den ganzen Tag zwischen Lavendel zu verbringen. Die Bäume stehen hinter einem
kleinen Felsvorsprung. Von dort hat man einen
phantastischen Blick über das Tal.*

Als ich erwachsen war, bin ich mit Zinka dorthin gefahren. An diesen besonderen Ort. Ich wollte ihr diesen Platz zeigen. Dorthin, wo man so gut in der Sonne liegen konnte. Weit weg von allen Anstrengungen. Wo ich von Jasmina meinen ersten Kuss bekam. Wo ich weinen durfte, wenn es wieder Prügel gab. Wo ich meinen Vater verfluchte und mich meiner schwachen Mutter wegen schämte. Wo alles sein durfte. Diesen Ort wollte ich Zinka zeigen. Dorthin bin ich mit ihr gegangen. Zinka – meiner großen Liebe.

Ich habe nicht gewusst, wie sie reagieren würde, ich hatte ihr ja auch nicht gesagt, wohin wir gehen. Ich war aufgeregt. Wegen Zinka. Und weil ich schon viele Jahre nicht mehr dort war. Es fühlte sich an, wie nach Hause kommen.

Wir besuchten meinen Großvater und tranken Selbstgebrannten. Dann ging es über die Felder. Es war heiß und Zinka begann zu jammern: die Mücken, die Hitze, die Bienen, der Schweiß in den Klamotten. „Halte durch", habe ich ihr gesagt, „sei keine Jungfrau." Wir gingen auf den Felsvorsprung zu. In meinem Bauch wuchs die Aufregung zu einem Kribbeln. So viele Jahre war ich nicht mehr hier gewesen. Ich wusste gar nicht mehr, warum. Öfter hierher kommen. Ich müsste öfter hierher kommen. Ich freute mich auf den Ausblick über das Tal.

Als wir um den Felsvorsprung herum kamen, waren die Bäume verschwunden. Stattdessen stand dort, eng an die Felsen gedrückt, eine kleine Bar mit billigen Plastiktischen und -stühlen davor.

Menschen saßen dort und hatten Landkarten dabei, tranken crno vino, Rotwein, und glotzten über das Tal. Von der anderen Seite schlängelte sich ein Weg den Berg hinunter. Mir dämmerte wie nah dieser Ort an Zavala lag.

„Das wolltest du mir zeigen? Nett hier." Ich starrte Zinka an. Sah sie nicht, was hier für ein Dreck zu sehen war? Sah sie nicht, wie absolut kacke die roten Plastikstühle auf diesem Flecken Erde aussahen? Entweiht war es hier. Ich knallte ihr eine. Mehr ein Reflex. Sie schrak zurück, hob ihre Hände an ihre Wange. Ihr Gesichtsausdruck wandelte sich von erschrocken-überrascht zu wütend-enttäuscht. Tränen stiegen ihr in die Augen.

„Bist du bescheuert?" Hysterisch keifte sie mich an. Als sie versuchte zurückzuschlagen, packte ich ihren Arm. In mir war nur Kälte. Ich beugte mich vor, so dass mein Gesicht fast das ihre berührte. Meine Stimme mehr ein Zischen als menschlich. „Das hier ist der hässlichste Ort auf der Welt. Die Leute dort sind Missgeburten, sind es nicht wert zu leben. Und jeder der es hier ‚nett' findet, ist mein Feind." Ich drehte mich um und ging zurück. Zinka weinte leise vor sich hin, während sie mir den Weg zurück folgte. Ich sah sie erst wieder an, als wir im Auto saßen. „Früher standen da Bäume", mehr sagte ich nicht. Mehr konnte ich nicht sagen.

Auf einmal sitzt einer neben mir auf der Bank. Die Tätowierungen an seinem Unterarm zeigen eine Harley, eine nackte Frau, dazwischen ein Name „Justin", ein Anker, ein Herz..., mein Blick bleibt am Anker hängen. Der Maulschlüssel. Ich muss mich um ein Versteck kümmern. Ich stelle mir die Zelle vor. Ich muss gleich den Schrank und das Bett nochmal untersuchen. Vielleicht gibt es einen Hohlraum oder eine Ecke, die den Maulschlüssel aufnehmen könnten. Er ist groß, es wird nicht einfach.

22

Abends stehe ich wieder in meiner Zelle und schaue mich um. Ein Versteck. Ich sehe den Metallschrank, die Regale darin sind aus Holz. Wenn ich ein Regalbrett von hinten aushöhle, könnte ich den Schlüssel reinschieben. Unsichtbar wäre er. Hält einer intensiven Durchsuchung wahrscheinlich nicht stand, aber einem Rein-raus-Check vielleicht schon. Ich rüttle am Brett und versuche es aus dem Schrank zu ziehen. Es geht nicht. Es ist zu breit. Ich kann es nur kippen. Scheiße, so geht es nicht. Das Brett fixierend stehe ich da. Der Schrank aus Metall, die Bretter aus Holz. Nicht herauszutrennen aus dem Gehäuse. Aber ich kann es kippen. Dann komme ich an die hintere Kante heran, kann drumherum greifen.

Wenn ich ein Werkzeug hätte – etwas kleines, scharfes, spitzes – dann könnte ich damit das Holz aushöhlen. Eine Höhle für den Maulschlüssel. Ich würde ihn von hinten hineinschieben und er wäre unsichtbar. Ich sehe mich um. Nichts. Ich muss versuchen ein Messer oder eine Gabel zu klauen.

Ich bin aufgeregt. Mein Plan nimmt Formen an. Ein Messer oder eine Gabel, ein Maulschlüssel.

23

Am nächsten Morgen weckt mich das unvermeidliche Hämmern gegen die Tür, der Schlüssel, der sich im Schloss dreht und die Stimme von Arleburg, dem Schließerarsch. Groß und blond steht er in der Zellentür und fixiert mich mit seinem Blick. „Morgen, alles klar?" Ich hebe meinen Kopf, schaue ihn an und nicke. Die Tür knallt wieder zu. Ich versuche meine Gedanken anzuhalten, aber sie rasen in jedem wachen Moment. Etwas Spitzes. Aushöhlen. Eine Feile. Das Fenster. Einfach rausspazieren. Mein Plan. Ich komme hier raus. Jebač. Ficker. Ich komme hier raus.

Den Vormittag über bleibe ich in meiner Zelle. Ich denke an die Gelegenheit. Ich muss es direkt versuchen – ein Messer oder eine Gabel – egal. Ich spüre die Aufregung in mir hochkriechen. Wenn ich Taschentücher auf das Tablett werfe, fällt vielleicht nicht auf, dass ein Teil fehlt. Ich werde Essen durchkauen und es in Klopapier spucken. Das ist schön ekelig. In mir kribbelt es. Die Unruhe steigt. Ich rauche eine. Und noch eine. Ich laufe in meiner Kackzelle auf und ab. Mein Kopf dröhnt. Gegen zwölf hämmert es an meiner Tür. Mittag! Ein Knacki erscheint im Türrahmen und gibt mir ein Tablett mit Essen. Schnitzel, Erbsen, Kartoffeln. Puddingpampe. Ein Messer, eine Gabel, ein Löffel. Ich starre immer noch auf mein Besteck, als er schon raus ist. Jetzt bloß keine Aufmerksamkeit erregen.

Ich setze mich an den Tisch und beginne zu kauen. Schnitzel, Erbsen, Kartoffeln. Ich schlucke die ersten Bissen herunter ohne zu schmecken oder darüber nachzudenken was ich mache. Nein, scheiße, ich will sie ja ins Klopapier spucken. Ich hole Klopapier und beginne Erbsen-Kartoffel-Schnitzel-Brei hineinzuspucken. Es sieht ekelerregend aus. Grünlich-braun, wie erbrochener Schimmel. Der Matsch weicht das Klopapier schnell durch und das Ekelzeug liegt als großer Fladen auf meinem Tablett. Ich nehme das Messer und wiege es in meiner Hand. Es ist ein dünnes, billiges Blechmesser – für meine Zwecke wird es reichen müssen. Die Gabel ist aus dem gleichen Material. Die Zinken sind abgerundet. Ich vergleiche Gabel und Messer. Vielleicht ist die Gabel besser: ich könnte die Zinken umbiegen und damit das Holz Faser für Faser wegschnitzen. Vielleicht kann ich die Zinken an der Wand schärfen – für irgendwas muss dieser Scheiß um mich rum ja gut sein. Ich lege das Messer auf das Tablett, schiebe es halb unter einen Berg Fraßmatsch. Den Löffel schmeiße ich achtlos auf das Tablett. Die Gabel. Wohin mit der Gabel? Sollte es auffliegen, dass die Gabel nicht da ist, muss es wie ein Versehen aussehen. Ich darf auf keinen Fall meinen Arbeitsplatz gefährden. Die Tischlerei ist mein Ausgang. Ich lege die Gabel auf den Tisch, halb unter meinen Tabak. Ein bisschen Klopapier drauf – fertig. Ich habe was gegessen, die Gabel auf den Tisch gelegt, Klopapier geholt, den Scheiß ausgespuckt, das restliche Klopapier draufgelegt und dann eine geraucht. Den Tabak auf den Tisch geworfen ... wo er zufällig auf den Gabel flog. Könnte klappen. Hoffentlich ist diese Geschichte aber nicht nötig, hoffentlich gucken sie nicht so genau hin.

Ich sitze da und warte. Plötzlich fällt mir ein, dass ich eine rauchen muss. Ich zünde mir gerade rechtzeitig eine an, da donnert es und die Tür fliegt auf. Der Knacki von vorhin nimmt das Tablett, schaut drauf und zieht die Augenbrauen nach oben. „Na, hat's geschmeckt?" – „Da." Was soll man auch dazu sagen. Arleburg ist bei ihm. Superkorrekter Nazideutscher. Er guckt nur einen kurzen Moment auf das Tablett. „Wo ist die Gabel?" – „Auf Tablett." – „Nein, ist sie nicht." Arleburg betritt meine Zelle, kommt zum Tisch. Er sieht die Gabel sofort. „Was ist das da? Bock auf Ärger?" Ich schaue ihn an. „Was weiß ich." – „Aha, ich muss darüber natürlich Meldung machen." – „Habe nichts getan." Der versaut mir hier noch alles. „Außer 'ne Gabel klauen." – „Nix geklaut. Ist da, Essen war schlecht. Ich habe geraucht." – „Ja, und alle Insassen sind unschuldig hier. Also, ich mache einen Akteneintrag. Herr Tripke wird mit Ihnen darüber reden." Er nimmt die Gabel, dreht sich um und verlässt die Zelle. Die Tür schließt sich. Verdammter Arsch. Šupak. Scheißer. Seronja. Govno, govno. govno.

Ich merke, wie ich immer wütender werde. Verdammter Kack. Nimmt die Gabel weg. Aus meiner Zelle. Meine Gabel. Meine. Scheiße, scheiße. Ich tigere in der Zelle hin und her und werde immer schneller. Šupak. Šupak. Kackwichser. Ich gehe und ficke seine Mutter. Dieser Arsch. Ich schlage mit der Faust gegen die Wand. Einmal, zweimal. Ich muss mich beruhigen, aber ich kann es nicht. Ich will etwas zerstören. Ich öffne das Fenster und versuche die Gitterstäbe auseinander zu brechen. Nichts bewegt sich, aber ich merke den Widerstand. Ich ziehe und zerre und spanne meine Muskeln an, bis es nicht mehr geht. Ich möchte schreien, aber ich weiß, dass ich jetzt kein Aufsehen erregen darf. Nach einiger Zeit setze ich mich hin, stehe auf, drehe eine Zigarette, setze mich hin, stehe auf, gehe durch die Zelle. Ich setze mich wieder hin, nehme mein Feuerzeug und starre darauf. Es ist aus hartem Plastik. Ich versuche es durchzubrechen. Es funktioniert nicht. Ich lege es auf die Tischkante und versuche den überhängenden Teil abzubrechen. Es klappt. Das spröde Plastik splittert. Die Flüssigkeit läuft aus, tropft auf den Fußboden, auf meine Hand. Die spröden Plastikstücke sind spitz und scharf. Ich nehme eines in die Hand, gehe zum Schrank und kippe das Regalbrett hoch. Ich komme an die hintere Kante und beginne das Holz zu bearbeiten. Es geht langsam voran. Immer wieder rutscht mir die Plastikspitze aus der Hand oder ich rutsche ab. Aber es scheint zu klappen. Nach zwei Stunden habe ich eine kleine Kuhle in das Holz geritzt. Es wird dauern, aber das macht nichts. Das einzige, was ich hier habe, ist Zeit.

Zufrieden setze ich mich an meinen Tisch und drehe mir eine Zigarette. Als ich sie anzünden will bemerke ich, dass ich kein Feuerzeug mehr habe. Dann fällt mir der Geruch auf. Es riecht nach Butan. Eindringlich und verräterisch. Ich reiße das Fenster auf und atme frische Luft. Zurück am Tisch riecht es beißend nach Feuerzeug. Ich versuche den Geruch herauszufächeln. Dazu nehme ich ein Handtuch und wedele damit in meiner Kackzelle durch die Luft. Nach 10 Minuten setze ich mich frustriert auf's Bett. Ich hoffe, dass sich der Geruch verzieht. Das Fenster lasse ich nun offen. Egal wie kalt es heute Nacht wird. Der Geruch muss hier raus.

Gegen fünf Uhr donnert es an der Tür. Ich springe auf und stelle mich in die Nähe der Tür. Als die Tür aufgeht steht Tripke vor mir. Er schaut mir tief in die Augen. Ich nicke. „Streitigkeiten unter den Gefangenen nehmen wir sehr ernst. Sie wollen doch keinen Streit, oder?" – „Ne." Sranje, er spricht die Gabel an. Er weiß es schon. „Es gab einen Vorfall mit einer Gabel?" – „War nix. Missverstanden." – „Aha. Ich verwarne Sie jetzt. Ich will nie wieder was aus dieser Zelle hören, verstanden?" – „Da." Er nickt: „Zeit für frische Luft." Ich halte die Luft an. Hat er etwas bemerkt? Er dreht sich um und geht zur nächsten Zelle. Er meinte nur den Freigang. Ich atme aus und entspanne mich. Ich lasse das Fenster auf, ziehe meine Schuhe an und gehe zu den anderen in den Hof.

Ich will eine rauchen und habe immer noch kein Feuerzeug. Scheiße. Ich sitze auf der Bank und beobachte die anderen, Das mache ich immer, aber heute ist es anders. Ich suche. Nach einem, der mir sein Feuerzeug geben will.

Da kommt Dennis. Tabak und Feuerzeug hat er in der Hand. Er guckt rüber. Ich gucke zurück. Unsere Blicke hängen aneinander. Und schon ist er mir ins Netz gegangen – kann nicht mehr weggucken, wird nervös, weiß nicht, was er machen soll. Ich nicke ihm zu und deute mit einer Kopfbewegung an, dass er sich zu mir setzen soll. Er zögert. Schaut zu irgendjemandem rüber, dann wieder zu mir. Er kommt zu mir, setzt sich. Ich drehe mir eine Zigarette und deute auf sein Feuerzeug. Er gibt es mir. Ich zünde meine Zigarette an und stecke das Feuerzeug in meine Tasche. Er setzt an, etwas zu sagen. Ich gucke ihn von der Seite an, er verstummt sofort. Ich rauche zu Ende und stehe dann auf. „Hvala. Danke." Ich gehe zur Mauer, lehne mich an und lasse meinen Blick über den Hof streifen.

Nach einer Stunde gehe ich zurück. Irgendwann kommt das Abendessen und wird wieder abgeholt. Ab jetzt habe ich Zeit. Die ganze Nacht. Und wenn es sein muss auch die Nächte danach.

Ich kippe das Schrankregalbrett und beginne die Kuhle mit der Plastikspitze zu vergrößern.

Das Holz ist weich und ich komme gut voran. Als es dämmert berühre ich mit den Fingern die Kuhle. Das gefühlt tausendste Mal diese Nacht.

Sie ist noch lange nicht tief genug, aber ich spüre, dass sie größer und größer wird.

Ich lege mich auf's Bett, um mich noch etwas zu entspannen. Vielleicht kann ich noch eine Stunde schlafen. Die innere Unruhe hält mich allerdings wach.

24

Das Hämmern an der Tür lässt mich aus meinem Versuch hochschrecken, die Unruhe in mir zu besänftigen. Die Tür geht auf und Arleburg guckt rein: „Morgen." Ich nicke ihm zu, er lässt die Tür auf. Aufstehen, pissen, Arbeitsschuhe anziehen, in die Küche gehen, Kaffee trinken, mit den anderen treffen, zur Tischlerei rübergehen. Mein Maulschlüssel, mein Weg nach draußen. Wer interessiert sich schon für den ganzen Scheiß hier. Raus. Rauskommen.

In der Tischlerei angekommen gehe ich mit den anderen zuerst zur Kaffeemaschine. Streibel nestelt an den Filtertüten herum. Sauer holt den Kaffee. Herold setzt sich an den Schreibtisch im Büro, welches durch eine Glasscheibe den Blick auf das Innere der Halle freigibt. Niemand hat bemerkt, dass ich einen Maulschlüssel habe. Die Glasertypen haben sich scheinbar nicht gemeldet – aber im Leben draußen fällt es auch nicht auf, wenn ein Werkzeug fehlt. Man hat es dann halt irgendwo liegengelassen, im Auto, in einer anderen Werkzeugtasche ganz unten.

Danke liebes Schicksal, dass du mir dieses Glück vorbeigeschickt hast.

25

Dajana kam zu mir und schmiegte sich an wie eine Katze. Eine Träne lief über ihre Wange: „Alles geht schief, Ivo." – „Was ist denn passiert?" – „Ach, alles. Unser ganzes Leben. Ich weiß gar nicht, was ich tun soll." Sie weinte ein bisschen und ich sagte nichts. Was sollte ich dazu auch sagen? Ich konnte sie ja verstehen. „Warum, Ivo? Warum ist es bei uns so und bei anderen nicht?" – „Das liegt am Glück." – „Ich habe gar keins." – „Doch, aber es ist arbeitsscheu. Kennst du die Geschichte vom faulen Glück?" – „Nein." – „Mama hat mir früher immer diese Geschichte erzählt. Jeder Mensch bekommt vom Schicksal sein Glück. Aber manches Glück ist faul, manches ist fleißig. Wenn dein Glück fleißig ist, wirst du glücklich und reich und es gelingt dir alles. Ist dein Glück allerdings faul, wirst du tun können was du willst, es wird nichts gelingen und du wirst gerade genug zu Essen haben – aber auch nicht immer." – „Und mein Glück ist faul. Das faulste der Welt." Dajanas Stimme wurde trotzig, der jämmerlich-weinende Unterton verschwand. „Im Moment schon aber es gibt einen Trick, um es dazu zu bewegen wieder für dich zu arbeiten." Dajana richtete sich auf und schaute mich an. „Du musst dein Glück fangen und es solange verprügeln, bis es schwört, nicht mehr arbeitsscheu zu sein." – „Ach, Ivo, ich kann doch keinen verprügeln. Ich bin klein und habe nicht solche Muskeln wie du oder Yasha. Kannst du das nicht für mich machen?" – *„Ich weiß nicht, ob das geht, ich kann es aber versuchen."* *Ihre Tränen waren getrocknet. „Mama hat früher Geschichten erzählt?"* – *„Hm." Ich konnte es selbst kaum glauben, das war irgendwie in einer anderen Zeit. Dajana, meine kleine traurige Schwester.*

Beim Gedanken an Dajana hatte ich angefangen zu lächeln, ohne dass ich es bemerkt habe. „Komm', Grinser, geht los", Schmidtke geht vor und ich schließe mich an. Zum Sägetisch. Aus den Augenwinkeln muss ich immer wieder zum Fenster schauen. Wenn man aus dem Fenster kommt, gelangt man auf das Dach vom Anbau oder einem niedrigeren Gebäudeteil. Da ist kein Natodraht am Fenster. Über das Dach gelangt man zum hinteren Teil. Dort hinunter und auf die Rasenfläche. Ich habe keinen Stacheldraht gesehen. Dann die Mauer hoch, über den Zaun und ich bin draußen. Über den Zaun ist das Problem. Er ist gesichert mit großen Spiralen aus Natodraht.

Ich lege Bretter auf den Sägetisch und schneide zu, mechanisch. Ich kann an nichts anderes mehr denken als an meinen Weg hier raus.

Mittags sitze ich mit den anderen zusammen. Einer, so ein bekloppter Witzbold, hat ein Loch in seinem T-Shirt und steckt immer wieder seinen Finger rein, als würde er sein Shirt ficken wollen. Alle lachen. Haha. Ist weder lustig noch sexy. Ist nur dämlich. Immer wieder steckt er seinen Finger ins Shirt und ich muss mir das angucken. Ich versuche meine Gedanken wieder auf den Zaun zu richten. Wie komme ich da rüber. Kann ich irgendetwas über den Stacheldraht werfen, damit ich mich beim Rüberklettern nicht schneide? Stoff wird nicht gehen. Plastik auch nicht. Eine Konstruktion aus Holz? Aber wie soll ich die bauen und dahin bringen?

Die Stacheldrahtspiralen scheinen groß zu sein – vielleicht sogar ein Meter im Durchmesser. Eine Konstruktion müsste also zusammenklappbar sein und ich müsste sie dorthin transportieren können. Wie soll das gehen?

Nachdem abends das Tablett wieder abgeholt ist und ich allein in meiner Zelle bin, bearbeite ich das Regalbrett weiter. Ich muss diesen Maulschlüssel verstecken bevor sie die Zelle filzen.

Immer wieder rutsche ich ab und steche mir das spitze Plastik in die Finger. Es blutet. Weitermachen. Ist nur eine oberflächliche Wunde. Ganz egal. Weiter. Die Kuhle wird tiefer. Mittlerweile wird es schwieriger sowohl das Plastikstück festzuhalten als auch tief genug damit zu schaben. Aber es reicht noch nicht – es muss noch tiefer sein. Ich greife um die obere Kante, meine Fingerspitzen sind in der Kuhle und versuche die obere Schicht des Brettes abzuziehen. Es klappt. Es ist furniertes Holz! Furnier! Ich kann die obere Schicht zwar nicht ganz lösen aber das ist auch nicht nötig. Ich ziehe am Furnier – es löst sich etwas. Ich muss aufpassen, dass es nicht bricht. Langsam. Vorsichtig. Jetzt habe ich soviel gelöst, dass ich problemlos weiterarbeiten kann. Ich kann die Kuhle vergrößern. Damit das Furnier nicht ständig zurückschnellt, klemme ich zusammengerollte Pappe von den Blättchen dazwischen. Es klappt! Ich werde euphorisch. Merke, wie ein Kribbeln in mir aufsteigt. Ich bin hellwach, konzentriert und aufgeregt. Zügig schabe ich weiter. Gegen Morgen beende ich meine Arbeit.

Das Regal wieder an Ort und Stelle gelegt, die alten Pullis drauf. Noch ein paar Nächte, dann hab' ich's geschafft – mein Versteck für meinen Maulschlüssel. Dann nur noch raus durch die Tischlerei und fertig.

Ich lege mich auf's Bett, um ein wenig auszuruhen, stehe aber wieder auf, um mir meine Hand genauer anzuschauen. Das Blut ist getrocknet. Die Menge hält sich in Grenzen. Ich wasche das Blut von meiner Haut. Das Blut muss weg, es ist zu verräterisch. Zum Glück sind die Schnitte nicht tief und bereits geschlossen, so dass sie nicht weiter auffallen dürften.

Als ich endlich die Augen schließe, um noch ein wenig zu schlafen, hämmert es auch schon wieder an der Tür. Gerädert nicke ich Arleburg zu, stehe auf, haue mir kaltes Wasser ins Gesicht, ziehe meine Arbeitsschuhe an und gehe zu den anderen, um mir einen Kaffee zu machen.

Ich trotte hinter den anderen zur Tischlerei, nicke Schmidtke zu. „Na, harte Nacht?" Ich sage nichts. Soll er denken, was er will. Besser er denkt, ich hätte schlechte Träume, als dass er denkt, ich würde ein Regalbrett aushöhlen, um einen Maulschlüssel darin zu verstecken. Etwas, was allerdings niemals jemand denken würde.

26

Am Sägetisch ist es wie jeden Tag – Bretter, sägen, zur Seite legen. Schmidtke labert irgendwas von einem Film gestern Abend. Als er mich fragt, ob ich ihn auch gesehen habe, nicke ich nur. „Boah, die Alte. Die Titten – der Hammer. Die könnte gerne mal 'ne Stunde an meinem Schwanz lutschen." Er fängt fast an zu sabbern. „Was die wohl für Nippel hat. Ich mag sie hart, dunkel und klein." Schmidtke fängt an mir jedes Detail der Ollen zu erzählen. Ich will nicht zuhören, aber ich merke, wie mein Schwanz hart wird. Ficken. Gute Idee. Mein Blick muss sich geändert haben oder was auch immer. Schmidtke hört auf, die Bretter zu bewegen und guckt mich leicht schmierig an. „Ficken is' gut", sage ich nur. Schmidtke grinst und ich auch.

Zwischendurch fährt Streibel mit dem Gabelstapler rum. Er stapelt die Europaletten, fährt vor und zurück. Am Ende des Tages stellt er den Stapler genau dahin, wo er immer steht: Unter meinem Fenster mit halbhoch gefahrener Hebebühne. Das ist gut. Ich kann den Stapler nutzen um ans Fenster zu kommen. Raufstellen, hochfahren, durch's Fenster. Aber wer fährt mich hoch, wenn ich auf dem Ausleger sitze?

Ich schlendere zu den Paletten und versuche im Führerhaus des Staplers zu sehen, welcher Knopf für das Heben und Senken da ist. Ich kann es nicht erkennen. Morgen muss ich genau nachsehen.

Abends, nachdem mein Tablett abgeholt ist, beginne ich wieder am Brett zu arbeiten. Brett leer-räumen, schräg stellen, Furnier mittels Pappe fest-klemmen, Plastikspitze nehmen und schaben. Schaben. Schaben. Ich komme voran. Ich spüre es.

Die harte Furnierkante reibt an der Haut meiner Hand. Ich muss mir etwas einfallen lassen. Meine Haut schützen. Ich habe kein Klebeband oder Pflaster – ich kann mir also nichts auf die Haut kleben. Aber vielleicht kann ich etwas um die Kan-te legen. Ich nehme eine Knastsocke und lege sie auf die Kante. Es fühlt sich gleich viel besser an. Gegen 2 Uhr kann ich das Furnier noch ein Stück weiter biegen, die Kuhle ist größer. Noch ein paar Nächte, dann habe ich es geschafft. Meine Augen fallen mir zu - die schlaflosen, vergangenen Näch-te fordern ihren Tribut. Ich kann mich nicht mehr wach halten, aber ich will wach bleiben. Ich will weitermachen. Nur noch ein paar Minuten. Meine Augen fallen zu. Ich höre auf, schließe die Schranktüren und lege mich hin. Sofort schlafe ich ein.

27

Ich verbringe die Tage in mechanischer Gleich-förmigkeit: Aufstehen, Kaffee, Tischlerei, zurück,

Essen. Dann das Brett bearbeiten. Den ganzen Tag über habe ich dann bereits daran gedacht, ob es eine bessere Methode geben könne, das kleine Plastikteilchen zu halten. Ob ich es heute gegen ein anderes Teil vom zerbrochenen Feuerzeug austauschen muss oder ob ich noch eine Nacht damit was anfangen kann. Wenn es abends endlich soweit ist, ist es wie eine Erlösung. Endlich am Schrank stehen. Endlich das Holz unter meinen Fingerkuppen spüren – wie es immer weniger wird und das Versteck dafür größer.

Und jetzt – es ist soweit. Ich bin aufgeregt und kann es kaum fassen, aber die Kuhle fühlt sich so tief an, dass es reichen könnte. Ich fummle den Maulschlüssel aus dem Pullibündchen, das ich aufgetrennt hatte. Er liegt in meiner Hand. Nur ein kleines Werkzeug – aber für mich die Hoffnung hier herauszukommen. Ich kippe das Regal noch ein wenig mehr an, biege das Furnier zurück und lasse ihn in die Kuhle gleiten. Er stößt an die Rückwand des Schrankes und rutscht nicht weiter, aber ich drücke ein wenig mit den Fingern dagegen, dann gleitet er hinein. Als ich das Regalbrett in den Schrank zurücklege, merke ich, wie die Erleichterung kommt. Ich lächle. Lache. Freue mich, als hätte mir meine Geliebte das erste Mal einen geblasen. Ich habe den Maulschlüssel sicher verwahrt. Jetzt kümmere ich mich um den nächsten Schritt.

28

Sauer spricht mich am nächsten Tag an: „Branković, Du hilfst heute beim LKW, Schulte is' krank." Ich nicke und nehme mir einen Kaffee. Endlich kann ich mir das Rolltor in aller Ruhe angucken, ohne Verdacht zu erregen. Schmidtke unterbricht meine Gedanken: „Na, muss ich wohl heute beim Palettenbau helfen. Naja, die Säge hält es schon mal ohne mich aus." – „Da." Ich drehe mich um und gehe Richtung Rolltor. Es ist scheinbar ein ganz normales Tor – besondere Schlösser oder ähnliches sind nicht zu erkennen. Popel kommt auf mich zu, baut sich vor mir auf und nestelt ganz wichtig an seinem Gürtel rum. „Also, das läuft so: die Paletten müssen auf den Laster, wenn er kommt. Solange warten wir. Streibel fährt uns mit dem Gabelstapler die Palettenstapel rüber, dann hebt er sie zur Ladefläche und wir stapeln sie dann im Laster." Ich nicke. Mit Popel will ich nix zu tun haben. Aber mit dem LKW umso mehr. Ein LKW, der rausfährt. Ein Rolltor, das aufgeht.

29

Der Tag wabert eintönig und langsam dahin und jede Unterbrechung in Form von zu stapelnden Paletten scheint eine Wohltat zu sein. Ich nutze die Zeit zum Denken. Das Rolltor – kann man das irgendwie aufkriegen? Von außen? Von innen irgendwas machen, dass es aufbleibt. Aber es will mir nichts einfallen. Wenn am Ende des Arbeitstages Herold oder Sauer den Strom von ihrem Büro aus abschalten, erlischt auch eine kleine Leuchtdiode am Rolltor. Es kann sich dann nicht mehr bewegen, es hat überhaupt keinen Strom mehr.

Am darauffolgenden Tag arbeite ich nochmal mit Popel zusammen. Als der LKW abfährt stehe ich zufällig einen Meter außerhalb der Halle. Herold brüllt sofort herüber: „Branković, reinkommen, wir sind hier nicht auf'm Ausflug." Ich gehe rein, aber ich konnte einen ausgiebigen Blick auf die Mauer rechts vom Rolltor werfen. Was mir bisher nicht aufgefallen war: Neben dem Rolltor ist ein vergittertes Fenster, darüber allerdings eins ohne Gitter. Und noch eins ist mir aufgefallen: auf dem kleinen Hof vor dem Rolltor hat jemand eine Blumeninsel angelegt – soll wohl den Knastaufenthalt verschönern. Ihr bescheuerten Gemüsefresser. An der Hausecke stehen Rhododendronbüsche. Sind mir noch nie so bewusst aufgefallen – aber wenn ich mich klein mache, könnte ich mich vielleicht darin verstecken.

In der Halle zurück grüble ich über diese Fenster nach. Der Abstand der Fenster ist nicht besonders groß. Ich müsste es schaffen können, über das vergitterte Fenster das darüber liegende zu erreichen – aber was dann? Wie kann ich das Fenster öffnen? Wenn es nicht besonders gesichert ist, reicht ein Schraubendreher – den ich nicht habe. Es sieht nicht besonders aus. Vielleicht ist es einfach ein normales Fenster.

Ich stelle mich zu Popel an die Kaffeemaschine und versuche keine Aufmerksamkeit zu erregen. Dabei bin ich extrem angespannt. Ich gucke in die Halle. Einige hängen an ihren Arbeitsplätzen und versuchen möglichst langsam zu arbeiten. Herold ist nicht zu sehen, Sauer labert irgendwas. „Wo ist Herold?" Ich muss das laut gesagt haben, denn Popel antwortet mir: „Wat weiß ich, pissen." – „Wo pisst Herold?" – „Die Becken für die Herrn Schließer sind da oben." Popel zeigt neben das Rolltor in Höhe des Fensters, über das ich die ganze Zeit nachdenke. Ich zucke mit den Schultern und gehe weg.

Dobro, ich weiß nun wo ich hineinklettern werde – ins Schließerklo.

Gegen 17 Uhr kommt Arleburg zu mir in die Zelle und legt mir eine Liste vom Knastladen vor. „Sie können am Montag einkaufen, wenn Sie das wollen. Auf dieser Liste ist alles vermerkt, was Sie dort kaufen können. Kreuzen Sie einfach die Produkte an, der Betrag wird dann von Ihrem Hauskonto abgebucht. Kennen Sie Ihren aktuellen Kontostand?" Ich schüttle nur mit dem Kopf. „Mal schauen, ich habe hier diese Liste. Sie haben aktuell 82,40 Euro auf Ihrem Konto." – „Dobro." Ich nehme die Liste und kreuze Zahnpasta, Duschgel und Waschmittel an. Und Schokolade, Kaffee und Wurst. Gute Wurst. Als Arleburg abends wiederkommt, gebe ich ihm die Liste zurück. „Ich will meine Klamotten." Raus aus diesen Scheißsachen. „Ich sag Kollege Tripke Bescheid." – „Kann ich telefonieren?" – „Klar, morgen Abend." Bald hätte ich endlich meine Sachen. Ich werde Elena anrufen, sie schickt mir dann meine Sachen und schon sehe ich wieder aus wie ein Mensch und nicht wie ein Knacki.

Abends liege ich auf meiner Kackmatratze und merke noch nicht einmal wie scheiße sie ist. Ich sehe das Fenster vor meinem inneren Auge.

„Yasha, wir müssen los. Denk an den Alten." – „Nur noch einen kleinen Moment, Ivo." Yasha sah Silvijana an und küsste sie. Silvijana war aus Hvar und besuchte ihre Tante, die in Sisak wohnte. Yasha hatte sie zufällig in der Stadt gesehen und war sofort verliebt. Wahrscheinlich würden sie die ganze Nacht hier stehen, wenn ich nicht drängeln würde. Mit dem Fahrrad mussten wir noch nach Križ fahren und es wäre ungefährlicher wenn wir zu Hause wären, bevor der Alte aufstand. Und der Alte würde früh aufstehen, schließlich wollte er morgens zum Angeln fahren. Yasha riss sich irgendwann los. „Meine Jana, volim te." – „Volim te", hauchte sie. Wir stiegen auf's Rad und fuhren los. Yasha redete ununterbrochen von Silvijana und ihrem Haar, ihrem Duft, ihrer Haut, ihren Augen. Ihrer Art zu reden, zu lachen und wer weiß was noch. Jede Prügel dieser Welt sei es wert, wenn man sie nur einen kleinen Moment sehen konnte. „Du weißt, dass ich die Prügel auch kriege?" – „Ja, Ivo, du bist mein Bester."

Zu Hause kletterten wir durch's Fenster. Wir hatten den Fenstergriff von Gorans Zimmer derart manipuliert, dass es aufging, obwohl dieser nach unten zeigte. Es war ganz einfach und für Goran war es okay, er wollte sowieso bald ausziehen. Zum Militär gehen oder so. Als wir es ausprobierten war Yasha noch besorgt: „Wie können wir dafür sorgen, dass das Fenster nicht schon bei dem kleinsten Windstoß aufschwingt?" – „Mit Kaugummi, ihr Anfänger", Goran schaute uns leicht herablassend an und schüttelte übertrieben auffällig mit dem Kopf.

Ich sehe das Fenster vor meinem inneren Auge. Wie ich durchklettere. Innen bin ich dann im Schließerklo. Von da aus in die Tischlerhalle und zum Fenster. Die Muttern des Gitters mit dem Maulschlüssel losgedreht, aus dem Fenster geklettert und dann über das Dach und raus. Es gibt noch viel zu planen. Ich schlafe ein, aber ich weiß, es ist möglich. Ich weiß nun, was mir noch fehlt: Ich muss Kaugummi besorgen.

30

Ich sitze einen Tag später mit den anderen der Tischlerei zusammen. Alle trinken Kaffee, essen irgendwas oder gucken sich die Alte auf Seite 3 an. Als sich alle einig sind, dass man der Ollen gerne mal den Schwanz reinstecken würde, wohin auch immer sei egal, kommt Herold und beendet die Pause. „Durchrutschen würde ich gerne mal bei der", sagt Steven. „Das heißt rüberrutschen, du Vollspack", Schmidtke knufft ihn in die Seite und geht zur Säge. Wir legen wieder Bretter auf den Tisch, sägen sie zu und bringen sie dann zum Zusammenbauen. Durchrutschen – Vollidiot. Glupan. Wer sagt denn sowas. Wie will der denn durch die Olle durchrutschen? Ich merke, wie ich mich aufrege. Immer wieder muss ich an Steven denken und an seine Scheiße. Der geht mir sowieso auf die Nerven. Durchrutschen. So 'ne Scheiße. Schmidtke hält irgendwann inne. „Ey, Alter, cool," sagt er. Ich muss ziemlich angespannt aussehen. Ich merke, wie sich meine Kiefer aufeinanderpressen, die Muskeln im Gesicht total verspannt sind. „Kaffee," sage ich und gehe zur Maschine, um mich irgendwie abzureagieren. Durchrutschen. Šupak. Kreten. Drüberrutschen. Verdammter Scheiß, worüber reden die denn da eigentlich. Weder rüber noch durch geht jawohl. Rüber geht nicht. Durch geht schon mal gar nicht. Rüber. Durch.

Ach du Scheiße, ich kann nicht rüber, ich muss durch. Ich starre in die Halle. Ich brauche keine Konstruktion, wenn ich nicht rüber, sondern durch gehe. Der Wichser mit seiner Kackbemerkung hat mir gerade gesagt, wie ich es machen muss: DURCH den Zaun, nicht drüber. Ich lehne mich zurück und genieße meine Plörre. Durch den Zaun ist die Lösung – fragt sich nur noch wie genau ich da durchkomme.

Die Arbeit am Sägetisch vergeht langsam, langsamer als sonst. Ich denke an den Zaun. Ich muss ihn irgendwie zerschneiden. Ein Bolzenschneider oder eine Kneifzange oder eine Säge könnte helfen. Jedesmal, wenn ich einen Weg sehe, kommen neue Probleme hinzu. Verdammter Scheiß. Sranje. Ein Bolzenschneider, wo soll ich denn den herkriegen? Oder eine Kneifzange. Etwas Kleines, was ich herausschmuggeln kann. Ich sehe zu Herold hinüber und seiner Lise, auf der er jedes Werkzeug vermerkt, welches er ausgibt. Ob man ihn ablenken kann? Ich muss es mal ausprobieren. Mir was leihen – vielleicht etwas, um einen Nagel aus einem Brett zu ziehen. Ich sehe mich in der Halle um. Wie soll ich es anstellen?

Ich blicke zum Gabelstapler. Er parkt an seinem Ort, wo er immer parkt.

31

Abends kann ich telefonieren. Elena geht nicht sofort ans Telefon. Wie immer muss ich es mindestens zehn Mal klingeln lassen. „Was ist?" schnauzt sie in den Hörer. Vielleicht hat sie gerade einen Freier verabschiedet oder ihre Seifenoper gesehen. „Ich bin's, Ivo." – „Ach nee, lässt dich monatelang nicht blicken und dann rufst du zu dieser Unzeit an." – „Hast du Sachen noch?" – „Ja. Wo bist du? Ham sie dich gekriegt?" – „Da. Schickst du Klamotten?" – „Klar, gib mir die Adresse." Ich nenne ihr die Adresse und lege auf. Auf Elena kann man sich verlassen. Auch nach Monaten ohne Kontakt schickt sie mir klaglos meine

Sachen. Nicht, weil sie mich liebt. Sie liebt mich nicht. Elena kann niemanden mehr lieben. Was Liebe ist, hat sie schon lange vergessen. Schon als Kind haben ihr ihr Onkel und ihr Opa ihre Chance auf Liebe genommen.

Und jetzt lebt sie allein, hasst alle, besonders ihre Freier. Akzeptiert ihren Luden. Und wir? Sind wir Freunde? Geht das überhaupt? Zumindest haben wir uns erkannt. In dieser Nacht in dieser Kneipe haben wir uns verstanden. Das reicht. Nein, das ist sogar viel. Sehr viel für mich. Noch mehr für sie.

32

Die Tage ziehen sich dahin. Als wäre ich gefangen in einem Vakuum aus Scheiße und Nichts. Klebrig, ekelig fühle ich mich bewegungslos. Wabernd, gleichförmig passiert nichts. Ich versuche meine Tage totzuschlagen und an meinen Plan zu denken. Aber es gelingt mir nicht. Ich denke an den Zaun und an mein Fenster, aber ich finde keinen Weg.

Ich stehe am Sägetisch und schaue Streibel zu wie er den Stapler bedient. Immer wenn er die Gabel heben oder senken will, zieht und drückt er an Hebeln rum, die sich vorne befinden. Fahren geht wohl wie in einem normalen Auto. Ganz einfach also: Fahren und hoch-runter mit den Hebeln. Als der Arbeitstag zu Ende ist, gehe ich nochmal am Stapler vorbei und sehe mein Geschenk: Streibel lässt den Schlüssel stecken! Ich schlendere zur Kaffeemaschine und trinke noch in aller Ruhe einen Schluck vom Kaffee, der abgestanden schmeckt und nur noch eine bittere Brühe ist. Aber ich merke das kaum. Ich will sehen, wer nun zurückläuft, um den Schlüssel vom Stapler zu holen. Welche Aufregung jetzt wohl entsteht. Aber nichts. Niemand kümmert sich darum. Ich werde morgen nochmal darauf achten – aber vielleicht lässt er den Schlüssel grundsätzlich stecken. Niemand geht davon aus, dass der Stapler geklaut wird, keiner wird mit ihm rausfahren. Der Schlüssel steckt.

Ich sitze auf dem Hof. Diesem kleinen Scheißloch. Wo die Sonne nur hineinscheint, wenn sie hoch genug steht. Die beiden Bäume strecken sich gen Himmel. Die Mauern tun das gleiche. Alles will hoch und hier raus. Der Stacheldraht schickt seine spitzen Strahlen in die Wolken. Der Anblick – immer gleich. Erstarrt zu einem Bild aus Beton, Stahl und Himmelblau. Ich gucke. Ich denke nichts – ich schaue nur.

Der Rasen, die Bänke, die Russen, der Zaun, die Mauer, das Regenrohr. Die Fenster in den oberen Stockwerken, die Gitter. Der Zaun, der Natodraht, die Hausecke, die Junkies. Das Regenrohr mit den Metallspitzen, die ein Hinaufklettern verhindern sollen. Hoch geht es nicht. Runter auch nicht wirklich. Am Regenrohr der Tischlerei ist es auch so.

Runter geht es nicht. Aber vielleicht mit einem Seil. So könnte es gehen. Ein Seil, das einem die Chance gibt mit dem Kopf glimpflich an den Spitzen vorbeizukommen. Ich brauche ein Seil.

33

Zwei Wochen später kommen meine Sachen. Das Paket wurde geöffnet. Sie haben sich nicht die Mühe gemacht, das zu verheimlichen. Im Gegenteil – ist offensichtlich. Als ich es öffne, sehe ich das Problem. Elena hat Schokolade reingetan. Elena liebt Schokolade und denkt, dass die Welt durch den Genuss von Schokolade besser wird.

„Wenn du stirbst, willst du wenigstens einen guten Geschmack im Mund haben, nicht wahr?" Elena lehnt sich genüsslich zurück und steckt sich ein Stück Schokolade in den Mund. „Und ganz ehrlich, Ivo, mit Schokolade ist Sterben nur noch halb so schlimm."

Aber die Schokolade in einer Metallbox kommt bei den Naziärschen nicht so gut an. Ausgewickelt ist sie jetzt und in eine dünne Plastikfollie gewickelt. Aber sie schreiben einem auf, dass sie eine Metallbox entfernt haben, in der sich Schokolade befand. Jetzt haben die Wichser also in meiner Wäsche rumgewühlt – zum Glück habe ich Waschpulver gekauft.

34

Es geht nur mit einem Seil. Woher soll ich ein Seil nehmen? Es muss fest sein und gut zu transportieren. Dieser Gedanke begleitet mich die ganze Freistunde. Ein Seil. Woher kriege ich ein Seil?

Beim Einschluss weiß ich immer noch nicht woher ich ein Seil bekomme.

Am nächsten Morgen ziehe ich meine Hose an und mache mir einen Pulverkaffee. Schmeckt scheiße, ist aber besser als nichts. In Gedanken stehe ich am Fenster und als ich einen Schritt zurücktrete stolpere ich fast über den Stuhl. Die Kaffeetasse in meiner Hand wackelt bedenklich.

Scheiße, Kaffee auf meiner Hose. Ich stehe auf und gehe zum Schrank, um meine Jogginghose herauszuholen. Als meine Hand den Stoff berührt, halte ich kurz inne. Stoff. Aus Fäden gewoben. Fäden. Mehrere Fäden bilden ein Seil. Ich nehme die Hose heraus und streiche mit den Fingern über den Stoff.

„Nimm die beige Hose, nicht die schwarze." – „Bist du sicher? Damit sehe ich aus wie ein Dandy." Zinka lacht. „So'n quatsch. Damit siehst du einfach nur gut aus." – „So gut, dass ich dich heute Abend abholen komme?" – „Ja, so gut."

Grober Leinenstoff. Vielleicht hilft diese Hose mir jetzt raus.

Ich nehme ein spitzes Plastikteil vom Feuerzeug und setze mich auf's Bett. Vorsichtig durchtrenne ich die Nähte. Als die einzelnen Stücke vor mir liegen, nehme ich einen Streifen Stoff und fange an die Fäden herauszutrennen. Ich nehme das Plastikstück und schneide in die Querfäden. Sranje, scheiße, ich rutsche ab und schneide in die langen Fäden. Nochmal, vorsichtig, ganz vorsichtig. Sranje.

Ich muss versuchen die Fäden mit den Fingern rauszuziehen. Mühsame Scheiße. *Kruh sa sedam kora*, würde mein Opa jetzt sagen. Er hätte recht, das ist hier wirklich hart erarbeitet. Verdammter Scheiß. Immer wieder geht der eine oder andere Faden kaputt. Ich ziehe zu kräftig. Dieser Fadenmist macht mich ganz nervös. Stundenlang sitze ich hier. Stundenlang mit dieser Mädchenscheiße. Aber ich muss es tun. Es ist der einzige Weg. Ich brauche diese Fäden. Ich atme tief durch. Ich mache das jetzt. Diesen Scheiß hier. Ich denke an draußen. An den Strand von Milna, wo wir im Sommer baden waren. Immer wieder reißt ein Faden. Irgendwann schmeiße ich den ganzen Kack in eine Ecke der Zelle. Ich hasse es. Aber ich muss weitermachen. Ich weiß das. Ich brauche den ganzen Abend. Als ich endlich fertig bin, verstaue ich die Fäden und den Stoff unter meiner Matratze.

Ich putze meine Zähne und lege mich hin, starre in die Dunkelheit und warte auf den Schlaf, der heute nicht kommen will. Ich bin aufgeregt. Ich habe einen Plan. Vielleicht kann ich morgen schon ein Seil herstellen. Ich kann es schaffen rauszukommen. Ich habe einen Plan.

35

Am nächsten Morgen erwache ich wie gerädert. Ich gehe pinkeln, wasche mich und trinke etwas. 100 Liegestütze. Muss sein. Ich muss fit bleiben. Heute weiß ich auch wofür ich sie mache. Heute habe ich ein Ziel.

Ich lege meine Decke zur Seite. Auf der Matratze reihe ich die Fäden auf. Die Längsten nach links. Ich nehme drei Fäden und flechte sie zusammen. Ein Viertel der Enden lasse ich lose, nehme drei weitere Fäden und flechte diese in den Strang. Als sie bis auf ein Viertel zusammengeflochten sind, nehme ich erneut drei Fäden und flechte sie dazu. Ich flechte.

Dajana. Dajana mit den geflochtenen Haaren. Mama, die sich Mühe gibt, jedes Haar zu erwischen. Dajana, die Grimassen schneidet und lacht, wenn ich ihr die Zunge rausstrecke oder grimmig gucke. „Ana, halt still." – „Ja, ja." Breites Grinsen. Blitzende Zähne. „Ivo is' schuld, er ärgert mich." Ich antworte empört „Junges Fräulein, nicht ich bin es den ihr meint. Es ist der Schelm in deinem Nacken." Mit einer schnellen Handbewegung greife ich an ihren Nacken und befördere eine Kastanie hervor. Dajanas Augen weiten sich und strahlen. Ich drücke ihr die Kastanie in die Hand. „Hier Kleine, falls du den Schelm später nochmal brauchst." Wir lächeln uns an. Meine kleine Schwester, wie sie so dasitzt mit dem hellgrünen Kleid, den Kniestrümpfen und ihren gelben Sandalen, ihrem Fleck vom Mittagessen auf dem Bauch, die Fingernägel schwarz und das hellste und strahlendste Lachen, das ich je sah.

Mein Blick verschleiert sich durch eine Träne in meinen Augen. Ich wische sie weg. Das ist nur die trockene Luft, beruhige ich mich, nur die trockene Luft.

Ich flechte weiter, so lange bis alle langen Fäden zu einem Strang verflochten sind. Das Seil ist leicht, aber noch nicht haltbar. Ich teile ihn in drei gleich lange Bänder und flechte diese wieder zusammen. Ich werde bis heute Nacht warten und es dann ausprobieren.

Abends nehme ich das Seil aus dem Versteck unter der Matratze und ziehe daran. Es wirkt stabil. Ich öffne mein Fenster und wickle das Band einmal um eine Gitterstange, ergreife es mit der rechten Hand und hänge mich mit meinem ganzen Gewicht daran.

Ich knalle mit den Knien voran auf den harten Boden. Die zerrissenen Enden hängen nutzlos am Fenster und liegen in meinen Händen. Sranje. Kacke. Die Enttäuschung schlägt nahezu sofort in

Wut um. Meine Hände ballen sich zu Fäusten und im gleichen Moment krachen meine Knochen gegen die Wand.

Diese Unruhe. Sie ist wieder da. Sie kommt sofort. Ich muss sie loswerden. Ich gehe auf und ab. Links. Rechts. Links. Rechts. Links. Auf und ab. Es ist eng. Es ist stickig. Ich entferne die Reste vom Gitter. Die Fäden – ich muss sie entsorgen. Ich spüle einen Teil im Klo runter – aber nicht zuviel auf einmal, damit es nicht verstopft. Nach der dritten Spülung verstecke ich den Rest wieder unter meiner Matratze. Bloß kein Aufsehen erregen. Ich habe einen Plan.

„Halt dich an den Plan." Markos Stimme in meinem Kopf. „Halt dich an den Plan." Ich nicke.

Setze mich auf mein Bett und beginne tief ein- und auszuatmen. Die Unruhe weicht etwas.

Der Plan.

Stoff besorgen. Stoff. Mein Bettlaken – zu auffällig. Bettlaken. Die Wäscherei. Ein Ort an dem der Verlust von 3-4 Laken nicht weiter auffällt.

36

Dennis. Er arbeitet in der Wäscherei. Er ist jung, Anfang 20. Nicht besonders groß, nicht besonders kräftig. Einer der sich umguckt, einer der jemanden sucht. Jemanden zu dem er aufschauen kann. Er sucht einen Führer. Kleine deutsche Made, suchst einen Adolf für dich. Einen, für den du alles tust, der dich schlagen und ficken kann, dem du alles besorgst, selbst wenn du dafür allen hier einen blasen müsstest. Du bist ein Bringer, eine Nutte. Und ab heute bist du meine kleine Nutte, du weißt es nur noch nicht.

Ich stehe auf und gehe über den Hof auf Dennis zu. Als er es bemerkt, fängt er nervös an, an seiner Joggingjacke zu nesteln. Seine Zunge fährt immer wieder über seine Lippen, seine Augen suchen einen Ausweg.

Einen Kopf größer bleibe ich vor ihm stehen.

„Dennis", sage ich. „Ja. Du bist Ivo, nicht wahr? Ivo aus Kroatien? Was kann ich... Was gibt es?" – „Halt Schnauze." – „Ja, äh, klar." Er macht sich klein. Er schrumpft wie ein Pimmel im eisigen Wasser des Zrmanja. „Tabak." – „Ja, äh, ich kann dir was von meinem geben." Ich nehme ihm den Tabak aus der Hand und drehe mir eine Zigarette. Natürlich stecke ich ihn mir danach in meine Jacke. Er hat es nicht anders erwartet. Ich sehe das an seinen Augen. „Du," sage ich zwischen zwei Zügen, „du wirst mir helfen." – „Ja." Ich brauche ihm nicht zu drohen. Ich bin ihm überlegen und er erkennt das an. „Ja, äh, wobei?" – „Brauche Büroklammer. Morgen." Es ist nicht ganz einfach, das an einem Tag zu organisieren. Die Büroklammer kann ich bestimmt für irgendwas gebrauchen. Die sind immer gut. Und - ich will ihn testen. Ich will sehen, wie weit er geht.

Am nächsten Tag sitze ich im Hof und warte. Dennis taucht auf. Er guckt zu mir rüber und setzt sich neben mir auf die Bank. Dennis wirkt nervös und guckt zum Schließer, der aber einfach nur unbeteiligt scheint und eine raucht. „Hier," er gibt mir eine Büroklammer. Wie auch immer er das gemacht hat – er hat es geschafft. „Danke. Dobro. Gut." Dennis freut sich fast, dass ich mich bedanke. Armes Schwein. Die anderen haben uns sicher beobachtet. Sie werden jetzt denken, dass Dennis unter meinem Schutz steht und damit lassen sie ihn in Ruhe. Sollen sie doch – Hauptsache er besorgt mir meinen Kram. „Ich brauche was." – „Äh, was denn?" – „Ich brauche Bettlaken. Oder zwei. Oder drei." – „Bettlaken? Wie soll ich dir die denn geben?" Dobro, nicht das Besorgen ist für ihn ein Problem, sondern die Übergabe. „Finde Weg." Ich stehe auf und gehe Richtung Schleuse, zurück zur Kackzelle.

37

Tage später. Ich sitze im Hof. Meine kleine Nutte setzt sich zu mir auf die Bank. Dennis ist nervös, spielt mit seinem Feuerzeug, dreht sich eine Zigarette. Ich sage nichts. Er will ja was von mir, sonst hätte er sich schließlich nicht neben mich gesetzt. „Ich hab's." Ich schaue weiter das zertrampelte Gras an. „Also", er versucht es erneut, „es ist so: Ich habe ein Laken – mehr kann ich im Moment nicht kriegen. Die sind alle abgezählt. Aber ich habe eins entdeckt, dass sie irgendwie vergessen haben. Ist schon etwas älter – aber ein Laken." – „Aha. Wann kriege ich?" – „Ähm, also du müsstest deinen Wäschesack, also mit der Bettwäsche, den müsstest du abgeben. Nächste Woche. Dann bekommst du neue Wäsche, die ich dann nächste Woche verteile. Ich falte das Laken in deine Bettwäsche rein." – „Dobro."

In der nächsten Woche gebe ich meine Bettwäsche an die Wäscherei: Kopfkissenbezug, Bezug für die Decke und ein Bettlaken. Nachmittags kommt Dennis und gibt mir einen neuen Sack. Darin Bezüge für Kopfkissen und Decke und zwei Laken.

38

Der Abendfraß kommt. Brot, Käse, Kaffee. Als sich die Tür hinter dem Tablettknacki schließt, werde ich geschäftig. Ich lege das Laken auf meinem Bett aus. Den ganzen Nachmittag habe ich darüber nachgedacht, wie ich es am Besten einschneide. Jetzt ist es mir klar. Mit dem stumpfen Knastmesser ritze ich mühsam den Stoff ein, um ihn in lange Stränge zu zerschneiden. In neun gleichmäßig breite Streifen. Neun Lakenstreifen bedeuten 3 Flechtseile à 2 Meter. Wenn ich die Knoten abrechne komme ich vielleicht auf 5 Meter. Das müsste reichen, um von oben an den Metallspitzen vorbeizukommen. Denn das ist klar: ich muss über das Dach und hinten runter. Das Regenrohr ist dazu die beste Möglichkeit, aber die Metallspitzen verhindern einen leichten Abstieg. Ich muss also oben das Seil anknoten, um mich dann vorbeizuhangeln. Das Regenrohr ist wahrscheinlich mit Haken an der Wand befestigt. Hier hänge ich dann das Seil auf.

Als ich das Laken eingeritzt habe, verstaue ich es im Schrank. Ich esse etwas, brauche Energie. Aber ich habe keinen Hunger – denke immer nur an das Laken. Jetzt bloß keine Aufmerksamkeit erregen. Ein kurzes Klopfen, die Tür schwenkt auf, das Tablett wird abgeholt. Als die Tür geschlossen ist, hole ich mein angeritztes Laken und beginne es vorsichtig auseinanderzureißen. Irgendwann liegen sie vor mir: Neun gleichmäßige Lakenstreifen. Ich beginne zu flechten und knote anschließend die Flechtstreifen aneinander. Sie passen fast drei Mal auf's Bett – fast 6 Meter also. Sehr gut. Ich warte den restlichen Abend darauf, dass der Knast schläft. Als die Geräusche nur noch aus der Ferne zu kommen scheinen, lösche ich mein Licht und knote das Seil ans Fenstergitter. Ich muss probieren, ob es hält. Ich schaue auf's Seil, die schäbige Wand dahinter, denke an die Sonne, das Meer, die Freiheit und hänge mich mit meinem Gewicht an den Lakenzopf. Es funktioniert! Es hält! Ich hänge dort. Und hänge. Und hänge. Ich löse den Knoten am Gitter und teste die zweite Verbindung, die Strang Nummer 2 mit Strang Nummer 3 verbindet. Auch diese Verbindung hält. Ein Lächeln breitet sich auf meinem Gesicht aus. Ich habe ein Seil und einen Maulschlüssel. Einen Plan. Ich komme hier raus. Nicht mehr lang, dann bin ich draußen.

Ich muss mein Seil verstecken. Im Schrank ist es zu unsicher. Aber eigentlich ist alles unsicher. Es ist so groß, dass es, egal wo es ist, zu finden sein wird. Ich falte es zusammen und lege es erstmal in einen Pulli gerollt in den Schrank. Ich muss mir schnell was dafür einfallen lassen.

Ich gehe wie jeden Tag mit den anderen zur Tischlerei. Aber ich bin anders. Ich werde bald frei sein. Die Wichser um mich herum werden hier bleiben. Wie Schafe werden sie jeden Tag das gleiche tun und sich über eine Stunde Aufenthalt im Hof freuen. Währenddessen werde ich fort sein. In Dänemark oder in Polen. Ich kann nicht nach Hrvatska zurück. Es ist zu gefährlich. Wenn ich in Hrvatska wäre, würde ich nach Kriz wollen – und da ist Marko.

39

Mittags gibt es Fisch. Fischfilet - kein ganzer Fisch wie früher in meiner Kindheit. Alles wird von den buba schwaba klein gemacht. Unkenntlich, so dass es ihnen passt. Und nichts schmeckt mehr. Alles schmeckt wie Brei. Ohne Gewürze. Darum sind sie hier alle fett und häßlich. Ich nehme einen Bissen und kaue. Etwas Hartes in meinem Mund –

eine Gräte. Ich kaue vorsichtig weiter. Sie fühlt sich groß an. Ich könnte daraus eine Nadel machen. In irgendeinem Buch in der Schule habe ich eine Nadel aus Gräten gesehen. War das bei den Eskimos? Keine Ahnung. In einem unbeobachteten Moment nehme ich die Gräte aus dem Mund und stecke sie in meine Hosentasche. Heute Abend schaue ich sie mir genauer an.

Die Gräte ist breit und stabil. Wenn ich hinten ein kleines Loch reinritze, habe ich eine Nadel. Ich könnte damit ein Laken zusammennähen oder was auch immer. Ist auf jeden Fall gut, sowas zu haben.

Ich hole ein Plastikstück. Eines von denen, die ich schon zum Aushöhlen vom Regalbrett benutzt habe. Ich fummele eins aus dem Pullibündchen, in dem ich sie verstecke und beginne ein Loch in die Gräte zu ritzen. Vorsichtig. Ich rutsche immer wieder ab. Verdammte Scheiße. Wozu brauche ich diese Kacknadel? Was will ich schon nähen. Dieser Kackmist. Scheißmatratze. Scheiß Oberwichser von Schließer, die hier alles filzen. Kackmist. Ich rutsche ab. Immer wieder. Es gibt keine Alternative. Ich brauche diese Scheißnadel, damit ich die verfickte Matratze zunähen kann. So ein gutes Versteck für mein Seil kriege ich nicht wieder.

40

„Ivo, Maksim ist nicht da. Ich brauche jemanden, der für mich nach Zagreb fährt. Du fährst." –

„Dobro." – „Hol' den Schlüssel von Dana." – „Dobro." – „Wenn du jetzt fährst, bist du heute Abend in Zagreb und nachts zurück." – „Dobro." Marko gibt mir einen Zettel mit einer Adresse und Anweisungen. Es ist nicht die Adresse von Dana, sondern eine in Kutina. Ich frage nicht. Marko bezahlt mich nicht zum Labern. Er gibt mir Autoschlüssel, die zu einem alten Fiat gehören.

Der Wagen riecht nach abgestandenem Bier, Rauch und leicht säuerlich. Ein Geruch, den ich nicht zuordnen kann, aber ich hoffe, dass es sich nicht um eine Leiche im Kofferraum handelt. Bei Marko kann man nie wissen. In Kutina biege ich in die Ul. Ivana Gorana Kovačića. Die Durchfahrt zum Hinterhof liegt neben einem alten Geschäft. Verkauft wurde hier aber schon lange nichts mehr. Im Hof liegt viel Dreck, alte Müllsäcke, Undefinierbares. Wie beschrieben fahre ich vor ein grünes Garagentor mit einem Katzenaufkleber. Ein Schlüssel liegt im Handschuhfach, der zum Garagentor passt. Als ich es öffne, sehe ich nur Müll. Kartons, halb aufgerissen, Stoffe, alte Möbel, Lampen, Regale mit verdreckten Büchern. Niemand würde darauf kommen, dass sich hier etwas Wichtiges verbirgt. Der alte Schnapskarton von Badel steht unter einem Stapel Porno-Zeitschriften. Ich ziehe ihn heraus, lösche das Licht und schließe das Tor hinter mir ab. Ich stelle den Karton auf den Beifahrersitz. Tatsächlich will ich nicht wissen, was sich im Kofferraum befindet.

Auf dem Weg zu Dana muss ich an Goran denken, der nun irgendwo ist und sich schon lange nicht mehr gemeldet hat. Er war es, der mir Fahrradfahren beigebracht hat. Ich in der alten schlabbrigen Jogginghose und einem blauen T-Shirt. Er in einer Jeans und einem Pulli. Wie immer, eigentlich trug er immer Jeans und Pulli. „Setz' dich drauf. Ich halte den Sattel fest, kann nichts passieren." Ich stieg auf's Rad und hielt mich krampfhaft am Lenker fest. „Lass' nicht los." – „Nein, Kleiner." Er ließ nicht los. Das tat er nie. Er schob mich, ließ mich treten, rannte hinter mir her. Irgendwann ließ er los. Stand da an der Mauer und applaudierte.

Er war mit mir bei unseren Großeltern auf dem Lavendelfeld. Er war es, der sich getraut hat, sich zu wehren – gegenüber unserem Vater und gegenüber Marko. Das war gefährlich und er wusste das. Ich war einfach froh, dass Marko mich in Ruhe ließ. Ich konnte fahren und mein großer Bruder hatte es mir beigebracht. Mein großer Bruder! Mein Held! Ich bewunderte ihn von dem Tag an noch ein bisschen mehr. Goran.

Jetzt war er abgehauen. Er hatte sich mit unserem Vater angelegt, weil er es nicht mehr ertragen hatte zu sehen, wie er unsere Mutter verprügelte. Er ging und wurde von Marko aufgenommen. Dort wohnte er eine ganze Zeit , bis er bei Anita unterkam. Anita war eine frühere Freundin von Marko, aber er hatte sie bereits 2 Jahre zuvor abgelegt. Was Goran nicht klar war: In dem Moment, in dem sich ein anderer Mann für Anita interessierte, war sie auch wieder für Marko interessant. Marko kam in ihre Wohnung, bedrängte sie und als sie sich verweigerte, fickte er sie. Wenn Marko was will, nimmt er es sich auch. Goran kam abends nach Hause, sah Anita und wusste schnell was passiert war. Sie wollte ihn davon abhalten sie zu rächen, aber Goran wollte Marko in die Fresse hauen – an nichts anderes konnte er denken.

Er fuhr zu Marko. Als dieser ihn mit einem schmierigen Lächeln empfing, schlug Goran zu. Kein Gelaber – einfach die Faust in die Fresse. Er floh umgehend, entkam Dan, der von Marko beauftragt einige Tage hinter ihm her war. Marko setzte ein Kopfgeld auf ihn aus. 15.000 Kuna, wenn ihm jemand Goran brächte. Aber niemand verriet ihn – es wusste aber auch keiner wo er war. Die ersten Wochen war Goran zu unseren Großeltern gefahren. Aber er wusste, er musste weiter weg. Raus aus Hrvatzka. Er hatte Markos Nase gebrochen. Aber Anita war nicht bereit zu gehen. Sie hatte Angst und wollte ihre Familie nicht verlassen. Goran ging. Zuerst nach Moldawien, dann nach Ungarn. Das letzte Mal hörte ich aus Prag von ihm. Seitdem nichts mehr.

Ich fahre weiter durch den Abend zu Dana. Bei ihr war es dann wie immer:

Ich gehe durch die Tür von Haus Nummer 22 in der Ulica Antuna Gustava Matoša. In der zweiten Etage klopfe ich an die Tür. Nach kurzer Zeit öffnet Dana. Sie taxiert mich. "Bog." – „Bog." - „Wo ist Maksim?" – „Nicht da." Sie nickt mir misstrauisch zu. Wir gehen in ihr Wohnzimmer. Ich gebe ihr

einen Umschlag, sie mir dafür Schlüssel. „Bog." –
„Bog." Ich gehe und fahre weiter.

Auf dem alten Gelände steht schon der Laster.
Da ich alleine bin, lasse ich den stinkenden Fiat
stehen und steige um. Den Karton nehme ich mit.
Der Laster fährt langsam. Das Motorengeräusch ist
einschläfernd. Immer wieder fallen mir die Augen
zu. Irgendwann fahre ich rechts ran, steige aus,
mache ein paar Kniebeugen und rauche eine.
Wach bleiben. Das ist alles an was ich jetzt den-
ken kann. Ich steige wieder ein, fahre weiter und
bringe den Laster ohne Zwischenfälle nach Okuje.

Ich lasse den Laster dort und steige auf ein
kleines Moped, das ich neben einer Kneipe ange-
lehnt finde. Irgendwie muss ich ja nach Hause
kommen.

Am nächsten Morgen klopft es an der Tür. Mei-
ne Mutter öffnet und blickt in die zornigen Augen
von Dan. „Ist Ivo da?" – „Nein. Was ist los?" – „Er
soll sich bei Marko melden. Sofort. Geht um ges-
tern." Dan geht. Als er weg ist, kommt meine Mut-
ter zu mir und erzählt mir von unserem Besuch.
„Was hast du getan?", meine Mutter guckt fast
panisch. „Nichts." – „Marko ist kein guter Mensch.
Er hat Goran vertrieben." – „Papa hat Goran ver-
trieben." – „Aber geflohen ist er wegen Marko." Ich
verstehe nicht was los ist. Besser erstmal anrufen.
Aber später.

Drei Stunden danach rufe ich ihn an. „Wo bist
du, Ivo?" Seine Stimme klingt gereizt. „Was ist
los?" frage ich. Angespannt auf Hab-Acht. „Komm
her, ich will mit dir reden." – „Worüber?" – „Ivo,

komm' her." – „Wo bist du?" – „Im Lager." – „Wir können uns auf dem Kirchplatz treffen." Er ist gereizt. Da stimmt was nicht. Ich treffe ihn nicht im Lager. Tue ich das, komme ich aus dem Lager nicht mehr raus. „Ivo, komm' sofort her, keine Widerrede." – „Dobro." Ich lege auf und überlege mir, wie ich am Besten abhauen kann. Ein paar Sachen sind schnell gepackt.

Ich rufe Tomislav an, um zu hören, was los ist. „Ivo, bist du bescheuert?" – „Ich hab' nichts getan." – „Das sieht Marko anders. Er sagt, du hättest seinen Schatz gestohlen." – „Was für ein Schatz?" – „Den Schmuck. Marko sagt, du hättest ihn geklaut." – „Ich hab' ihn nicht." – „Ist egal. Wenn Marko sagt, du hast den Schmuck, dann hast du ihn."

Wenn Marko glaubt, ich hätte ihn bestohlen, bin ich so gut wie tot.

Ich schleiche mich aus dem Haus. Durch ein Fenster in den Garten, in den hinteren Schuppen und durch ein rückseitiges Fenster wieder hinaus auf das Nachbargrundstück. Ich klaue ein Fahrrad in der Garage und fahre zu Zoran.

Er macht auf. „Bist du verrückt, hierher zu kommen?" – „Du willst doch nach Deutschland?" – „Da." – „Ich komme mit." Er sieht mich an, wie man einen angefahrenen Hund ansieht. „Okay." Er lässt mich rein. Wahrscheinlich bin ich hier in Sicherheit – erstmal.

Wohin kann ich gehen, wenn ich draußen bin? Kroatien geht nicht. Marko würde mich finden und dann bin ich tot. Raus aus Deutschland. Vielleicht nach Polen. Polen ist gut. Nach Prag zu Mikolaj. Da hätte ich sofort einen Job als Türsteher. Und ich könnte ab und zu mal mit einer seiner Nutten ficken. Prag. Und endlich wieder ficken.

In der Tischlerei bin ich aufmerksamer als sonst. Ich muss mir alles ganz genau einprägen und den Weg hier durch ganz genau planen. Vom Schließerklo, über das ich reinkomme, über die Treppe durch die Halle. Hier auf den Gabelstapler klettern und durch das Fenster. Runterspringen auf's Vordach. Mit dem Seil das Regenrohr runter. Über den Rasen. Die Mauer hoch und durch den Zaun.

Die Mauer hoch und durch den Zaun.

Scheiße. Die Mauer hoch. Kann ich das Seil irgendwie hochwerfen und mich dann hochziehen? Kann ich auf der Mauer stehen? Ich muss mir die Mauer ansehen, aber von hier geht das nicht. Der kurze Weg über den Außenbereich reicht dafür nicht.

Als wir nachmittags zu unseren Zellen zurückgehen, schaue ich Richtung Mauer. Die Mauer. Rechts davon ein Basketballfeld, ein paar Knackis spielen. Schmidtke läuft neben mir. Ich spreche ihn an. „Kann ich spielen?" Ich deute auf das Basketballfeld mit seinen Spielern. „Wenn du in der Bas-

ketballmannschaft bist. Kannst du spielen?" – „Da."
– „Dann musst du 'nen Schließer ansprechen. Er
kann das arrangieren." – „Dobro."

41

Es hämmert kurz an meiner Zellentür, ein
Schlüssel dreht sich, die Tür schwingt auf. Schleicher steht da und schaut sich kurz in meiner Zelle
um. Seine wässrigen Augen nehmen alles wahr,
obwohl er aussieht wie ein Zombie auf Koks. „Sie
hatten sich für Basketball auf die Warteliste eingetragen?" – „Da." – „Sie können ab nächster Woche
mittwochs von 16:30 Uhr bis 17:30 Uhr spielen.
Die Zeit entspricht dann Ihrer Hofzeit, das heißt sie
ist keine zusätzliche Zeit, sondern ersetzt Ihren
Hofgang. Sind sie damit einverstanden?" – „Da."
Als wenn der Hof ein so erstrebenswertes Ziel wäre. „Okay, dann werden Sie nächsten Mittwoch
abgeholt." Ich nicke, er auch. Die Tür knallt zu.
Nächsten Mittwoch komme ich meiner Mauer ein
Stück näher. Dann wird mein Plan weiter reifen.
Ich lege mich auf's Bett und verschränke die Arme
unter meinem Kopf. Ich bin zufrieden. Es gibt ei-
nen Weg hier raus. Und ich habe ihn gefunden.
Und ich werde ihn nutzen. Und dann bin ich frei.

Ein abendliches Klopfen, ein Knacki, der das
leere Tablett mit dem Abendfraß abholt. Die Tür
schließt sich. Ich bin allein. Meine Gräte. Ich hole
sie aus ihrem Versteck und betrachte das Nadel-
öhr, das ich mittlerweile hineingeschliffen habe. Es

wird gehen. Ich hole Leinenfaden von der Hose und fädle einen ein. Mit einer Plastikspitze trenne ich eine Naht an der Matratze auf. Es geht. Das Loch ist nun so breit wie meine Hand.

Immer noch liegt das Seil im Pulli eingewickelt im Schrank. Zum Glück hat noch niemand die Zelle gefilzt. Das Seil stopfe ich in die Matratze. Es ist kaum zu erkennen. Nun das Schwierigste. Ich muss das Loch zunähen. Ich mache einen Knoten ans Fadenende und ziehe ihn durch den Stoff der Matratze. Vorsichtig nähe ich die Lücke zu. Es ist nicht besonders gut. Wenn sich das jemand genau ansieht, wird es auffliegen. Aber es muss reichen. Besser, als wenn das Laken im Schrank liegt. Ich bin erstmal zufrieden.

42

Mit einer Gruppe Arschlöscher gehe ich zum Basketballfeld. Der Schweinestöhner ist dabei. War ja klar, dass man sich hier irgendwann wieder sieht. Er guckt nervös zu mir rüber. Ich starre ihn an. Mehr nicht, aber es reicht. Er hat Angst vor mir. Gut so.

Ich habe mal Basketball im Fernsehen gesehen, das ist auch alles. „Welche Position spielst du?" Ich reagiere nicht, weil ich nicht der Meinung bin, dass ich gemeint war. „Ey, Neuer, welche Position?" – Ich drehe langsam meinen Kopf: „Egal." – „Kannst du überhaupt spielen?" – „Will lernen." – „Ach du scheiße. Murat, der geht zu euch." Murat murmelt irgendwas von budala und nickt mir dann zu. Ich gehe zu seiner Mannschaft und er bespricht irgendwelche scheinbar wichtigen Sachen. Mich interessiert das nicht. Ich stehe da und lasse den Schwall von Gelaber über mich ergehen, um immer wieder zur Mauer zu gucken. Die Mauer sieht leider aus der Nähe genauso aus wie erwartet. Keine versteckten Absätze. Nichts, woran man sich beim Klettern nennenswert festhalten könnte. Keine Möglichkeit sich hinzustellen und den Zaun zu bearbeiten. Das Spiel geht los und ich muss mitspielen. Ballspiele finde ich blöd. War schon immer so. Aber Basketball im Knast ist besonders scheiße. Zum Glück bewegen sich alle eher langsam und obwohl einige das Spiel ernst zu nehmen scheinen, wollen sich die meisten nur ein bisschen an der Luft bewegen. Der Schließer raucht seine x-te Zigarette. Ich kenne ihn nicht. Sein dicker Bauch und seine behäbigen Bewegungen zeugen nicht gerade davon, dass er einem der Knackis hinterher laufen könnte. Aber wo soll man hier auch hinlaufen? Das Basketballfeld ist von einem Zaun umgeben, der mindestens 4 Meter hoch ist. Oben drauf Stacheldraht.

Der Ball kommt auf mich zugeflogen. Ich nehme ihn an und werfe weiter. Ich muss hier wieder raus. Basketball. So 'ne Scheiße.

Abends liege ich im Bett und überlege, wie ich vom Basketball wegkomme. Ich könnte eine Verletzung simulieren oder einfach sagen, dass ich keinen Bock mehr habe. Ich könnte auch Scheiße

bauen und sie nehmen mir dann den Sport als
Strafe weg.

43

Am Morgen wieder das gleiche Einerlei: Es
hämmert an der Tür, sie geht auf, Schleicher guckt
rein: „Morgen." Ich nicke, er geht. Ich schlurfe zum
Waschbecken, pisse, gehe einen Kaffee in der
Gemeinschaftsküche trinken und befinde mich
dann mit den anderen auf dem Weg zur Tischlerei.
Schmidtke grinst mich an. „Hast gestern was ver-
passt. Nachdem die Sportler weg waren, hat Herold einen Anfall gekriegt. War lustig." – „Wieso?"
es interessiert mich nicht besonders, aber vielleicht
kann ich einen Nutzen daraus ziehen, zu wissen,
wann Herold durchdreht. „Koslowski, also der mit
dem Popel, ist ausgerutscht und hat seinen Kaffee
dabei in einem hohen Bogen durch die Halle ge-
schleudert. Überall war Kaffee. Herold hat eine
Leiter holen lassen und Koslowski gezwungen auf
die Metallschränke zu gucken, ob da noch irgendwo Kaffee liegt. Der hat aber wiederum Höhenangst und hing' dann heulend auf der Leiter. Herold ist daraufhin durchgedreht." – „Penner." Ich
meine damit Popel. Kann nicht auf eine Leiter. Wie
ist der bloß im Knast gelandet? Hat der Kindern
Thymian auf dem Schulhof verkauft?

Ich sehe mich um, Popel ist heute nicht da. Keiner redet über den Zwischenfall von gestern. Ich
gehe zur Kaffeemaschine und zum Sägetisch –

wie immer. Mittags essen wir gemeinsam, danach trinken wir Kaffee. Ein Tag wie jeder andere. Aber der wimmernde Popel geht mir nicht aus dem Kopf. Wie er da oben hängt und Panik kriegt. Höhenangst habe ich noch nie verstanden. Auf einer Leiter. Auf einer Leiter, die ich gut gebrauchen könnte. An meiner Mauer. Ich lehne eine Leiter an und kann dadurch die Mauer überwinden und gleichzeitig den Zaun zerstören, so dass ich abhauen kann.

Momentan lehnt die Leiter hinten neben den Palettenstapeln. Wie vergessen. Aber ich vergesse sie nicht. Ich werde aus meinen Gedanken gerissen: „Branković, pack' mal mit an." Sauer und Streibel wollen einen Werkstatttisch verschieben. Er ist aus Metall und hat Schubladen. Sieht schwer aus. „Wohin?" frage ich, als ich am Tisch ankomme. „Er muss da rüber, neben den Schrank." Sauer stellt sich neben den Schrank und macht eine Handbewegung. Aha. Streibel und ich fassen unter die Tischplatte. Verfickter Dreckstisch. Er ist schwer. Wir bekommen ihn fast nicht von der Stelle. Sauer blickt sich um: „Schmidtke, Steven, kommt mal her." Zu viert können wir ihn tragen und stellen den Tisch an seinen Bestimmungsort. Streibel lässt zu schnell los. Er kippt und es gibt ein komisches Geräusch. Ich bin vielleicht der Einzige, der es gehört hat. Es ist ein Geräusch, so als würde etwas in einem Kasten hin- und herrutschen. Oder in einer Schublade. Da ist was drin. Was kann das sein? Es klingt schwer. Vielleicht ein Hammer oder ein Stück Holz? Holz wäre Blödsinn, Hammer wäre gut. Ich muss bei nächster Gelegenheit die Schublade aufbrechen. Sehen, was darin ist.

Am späten Nachmittag sitze ich im Hof. Meine kleine Nutte kommt und setzt sich zu mir. „Alles okay?" – „Da." Er nestelt an seinem Pulli rum, schaut auf dem Boden, scharrt mit den Füßen rum. Es ist eine riesengroße Nervensäge, davež, aber vielleicht brauche ich ihn noch. „Also, Oleg will mir die Fresse polieren." Er schaut zu den Russen-schlägern. Ich schaue auch hin. Ich will mit denen nichts zu tun haben, aber ich brauche meine kleine Hure noch. Vielleicht. Vielleicht auch nicht. „Wa-rum?" – „Ich hab' ihm gesagt, er soll mich in Ruhe lassen." In Ruhe lassen, was? Hat er ihn gefickt oder was? Is' mir auch egal. Soll Oleg doch ficken wen er will. Und wenn es Dennis ist, interessiert es mich nicht besonders. Wer drauf steht. Ich kann mir keine Prügelei leisten. Ich darf keine große Aufmerksamkeit mehr auf mich ziehen. Ich gehe. Und diese Nutte darf das nicht gefährden. Soll er sich doch ficken lassen. Oder was auch immer. Ich schaue zu den Russen rüber. Sie beobachten uns. Um zu demonstrieren, dass Dennis zu mir gehört, lege ich meine Hand auf seine Schulter. Mehr kann und will ich nicht tun. Ich blicke zu Oleg und dann zu Dennis. „Is' klar." Dennis nickt.

44

Ich bin am nächsten Tag in der Tischlerei und betrachte den Tisch. Aus der Ferne. Oben drauf liegen mittlerweile Kartons und irgendwelcher Kram. Die Schublade grinst mich an. Gerne würde ich sie aufbrechen. Aber, wann und womit? Ich leihe mir einen Schraubendreher von Sauer aus. Den bekomme ich immer dann, wenn ich sage, dass sich ein Brett verhakt hat und das Sägeblatt nicht mehr frei läuft. Das sage ich ihm jetzt. Er gibt mir den Schraubendreher und trägt meinen Namen und das Werkzeug auf einer Liste ein. Ich gehe wieder zum Sägetisch fummle ein wenig an der Säge rum und lege den Schraubendreher dann neben die Säge auf den Boden.

In der Frühstückspause sind alle im stinkenden Pausenraum. Gut so. Ich werde jetzt mal nachgucken, was in der Schublade ist. „Pissen", murmle ich, als ich an Sauer vorbei gehe. Herold is' nicht da, schon seit ein paar Tagen. Ich gehe in die Halle und nehme mir den Schraubendreher vom Boden. Schnell zum Werkstatttisch. Ich will den Schraubendreher zwischen Schublade und Gehäuse rammen – auf Höhe des Schlosses. Aber ich zögere – das Blech würde sich verbiegen. Nein, so kann es nicht gehen. Ich brauche etwas Schmales, das in den Spalt über der Schublade passt. Zurück im Frühstücksraum denke ich über den Spalt nach. Als wir gehen fällt mein Blick auf die Messer auf den Tabletts. Das könnte ich morgen ausprobieren.

45

Am nächsten Tag gehen alle in den Frühstücksraum. Ebenso ich. Ich nehme ein Tablett mit

Scheiß und setze mich. Als alle in ihr Essen vertieft sind, lesen oder vor sich hinstarren und Sauer mit einem Knacki spricht, lasse ich ein Messer in meinem Pulli-Ärmel verschwinden. Ich stehe auf und schlurfe aus der Tür. In der Werkhalle gehe ich zum Werkstatttisch und hocke mich vor die Schublade. Ich rüttle an der Schublade, nehme das Messer und stecke es in den Spalt zwischen Schublade und Gehäuse. Ich stochere mit dem Messer hin und her. Spüre den Widerstand. Ruckele weiter, versuche mit dem Messer den Widerstand zu brechen. Ich beginne zu schwitzen. Sranje. Scheiß. Beeilung. Bald kommen die kretens zurück in die Halle. Sranje. Fick dich, du scheiß Schublade. Ich rückele mit der einen Hand an der Schublade, mit der anderen bewege ich das Messer. Auf einmal ist der Widerstand weg – die Schublade bewegt sich. Ich ziehe an der Lade – sie geht auf.

Ich weiß nicht, was ich denken soll.

Es ist ... ist ... fantastičan. Großartig. Ich kann mich kaum losreißen, weiß aber, dass ich zu den anderen zurück muss. Ich schließe die Schublade. Es ist ein Schatz. Ein vergessener Schatz. Als ich gerade aus der Halle will, kommt mir Sauer entgegen. „Das Klo ist aber woanders." – „War ich. Tabak vergessen." Ich ziehe meine Tabak-Päckchen aus der Hosentasche. Sauer nickt, ich gehe weiter und trinke im Pausenraum noch einen Kaffee. Ich muss mich beherrschen, um nicht zu grinsen.

46

Ein Winkelschleifer! In der Schublade liegt eine vergessene Flex. Sie muss vergessen sein, sonst hätten die Nazis sie katalogisiert und in den Werkzeugschrank gelegt. Fest verschlossen wäre sie, nur im Zugriff durch die Schließer. Aber diese hier liegt hier rum. Ich habe noch nie jemanden an diesen Schubladen gesehen. Keiner erinnert sich an sie! Damit kann ich durch den Zaun kommen. Ich schneide mich einfach durch. Ich habe eine Flex!

Der Tag vergeht, indem ich immer wieder zur Schublade schaue. Ich muss mich zurückhalten, darf keine Aufmerksamkeit auf den Tisch an der Wand lenken. Aber da liegt sie. Eine Flex. Meine Flex. Von der nur ich weiß. Ich male mir immer wieder aus, wie ich sie aus der Schublade nehme und an den Zaun halte. Wie Butter wird sie durch das Metall gleiten – und dann bin ich draußen. Ich werde rennen und rennen und sie werden mich nicht kriegen, diese Wichser. „Was'n los, biste verliebt?" Schmidtke hat was gemerkt. Arschloch. „Bock auf ficken." – „Alles klar. Aber nicht mit mir." Ich atme verächtlich hörbar aus. „Schwul?" Schmidtke legt weiter Bretter auf den Sägetisch. Ich mache mit. Natürlich. Es ist, als würde die Flex nach mir rufen. Ich will sie jetzt da rausholen und mich freischneiden. Aber es geht nicht. Ich weiß das. Geduld. Nur Geduld. Mein Moment wird kommen.

Abends liege ich auf meinem Bett. Nichts stört mich. Nicht die Matratze, das quietschende Rost, der Klogeruch, die Wände, die gedämpften Geräusche von draußen und aus den anderen Zellen. Mein Plan. Ich kann es schaffen. Ein Grinsen breitet sich aus. Ihr glaubt, ihr seid schlau. Aber ich bin schlauer. Ich werde frei sein.

Ich träume von meinem Opa. Wie er in seinem Garten steht, am Werkzeugschuppen. Er benutzt unterschiedliche Werkzeuge, um irgendwas zu bauen. Einen Hammer und Nägel. Eine Säge. Eine Bohrmaschine. Eine Flex. Die Scheibe der Flex blitzt in der Sonne. Sie dreht sich schnell und laut. Auf einmal bleibt sie stehen. Mein Opa schaut verwundert. Der nimmt das Kabel in die Hand und kontrolliert es bis zum Stecker. Er guckt auf den Stecker.

Erschrocken fahre ich aus dem Traum hoch. Ein Kabel. Scheiße. Scheiße. Scheiße. Ich habe eine Flex, aber keinen Strom. Eine nutzlose Kackflex. Wie soll ich Strom an den Zaun kriegen? Verdammte Scheiße.

Es ist drei Uhr nachts, aber an Schlaf ist jetzt nicht mehr zu denken. Verfickter Kack. Strom. Ich brauche Strom. Ich stehe auf und gehe in meiner Zelle hin und her. Govno. Govno. Govno.

47

Ein Klopfen, ein sich drehender Schlüssel, ein Blick, ein Nicken. Kretenčina. Aufstehen. Anziehen. Kaffee.

Ich schleppe mich zur Tischlerei, ertrage die anderen und versuche diesen beschissenen Tag durchzustehen. Scheiße, ein Stromkabel. Und zwar eines, das auch noch so lang sein muss, dass ich damit bis zum Zaun komme. Durch das Fenster, über das Dach, den Rasen bis zum Zaun. Scheiße.

Mittags gibt es Schnitzel mit Kartoffeln.

Opa aß auch immer Kartoffeln. Immer. Nie Reis oder Nudeln. Kartoffeln oder Brot. „Iss' auf, Ivo, wer weiß, was morgen ist." – „Da." Ich war bei meinen Großeltern. Wie immer. In den Sommerferien gehörte ich meinen Großeltern und den Lavendelfeldern. Abends saßen wir oft in der Werkstatt meines Opas zusammen. Er zeigte mir, wie ich mit einer Säge umzugehen hatte, wie eine Feile Holz oder Metall bearbeitet, wie man ein Vogelhäuschen baut oder einen Schemel. Einmal wollten wir ein Vogelhäuschen an der äußeren Schuppenwand montieren. Mein Opa fluchte, weil das Kabel seiner Bohrmaschine nicht lang genug war. Er suchte ein Verlängerungskabel, fand aber keines. Er fing an zu schimpfen und zu wettern. Aber seine Verlängerung war verschwunden. Ich wusste was mit ihr passiert war – Goran hatte das Kabel benutzt um besser auf einen Kirschbaum klettern zu können. Er hatte eine Schlinge in das Kabel geknotet, sie über einen Aststumpf geworfen und sich dann hochgezogen. Meinem Opa sagte ich nichts davon – der Ärger wäre unbeschreiblich gewesen.

Ein Verlängerungskabel - das könnte ich jetzt auch gut gebrauchen.

Ich stehe am Sägetisch, Schmidtke labert die ganze Zeit von irgendeiner Autosendung im Fernsehen. Zwei Typen gucken sich gebrauchte Autos an, labern drüber und finden so einen neuen Wagen für irgend so einen Spacken. Kann mir nichts Beklopteres vorstellen. Können sich die Leute nicht selbst ein Auto kaufen? Idioten. Aber Schmidtke ist der größte Idiot. Die ganze Zeit ertrage ich seine Laberei. Immer das Gleiche: Irgendein Fernsehscheiß zu dem er `ne wichtige Meinung hat: Moderation war kühl, Schauspieler unglaubhaft, Bühnenbild wirkt gestellt, nerviges Filmkind, Geschichtsdaten sind nicht korrekt recherchiert, Star Trek Voyager hatte kein Gefühl mehr usw. usw. Stundenlang kann er das. Dabei steigert er sich dermaßen hinein, dass die Farbe seines Gesichtes auf rot wechselt. Dich werde ich nicht vermissen. Idiot, es interessiert mich doch 'n Scheiß, was du im Fernsehen guckst.

Ich versuche meine Konzentration auf etwas Wichtiges zu lenken: Ein Kabel. Ich brauche Strom. Überall hier sind Kabel – aber in Lampen verbaut oder Schaltern. Es gibt ein paar Kabel, die mit Steckdosen an den Enden von der Decke hängen. Aber nichts, wo ich rankomme.

Ich gehe zur Werkzeugausgabe und besorge einen Schraubendreher. „Vorsorglich," sage ich zu Schmidtke. Aber ich will mir die Ausgabe nochmal genau angucken. Das Schloss an der Tür und ob eine Kabeltrommel drinsteht. Herold steht mit missmutigem Gesicht in der Halle rum. „Brauche Schraubendreher." Ich gucke ihn an. Er trägt einen Dreitagebart und hat Ringe unter den Augen. Seine Haut sieht fahl aus. Insgesamt wirkt er wie ein angeschossenes Reh. Leichte Beute. Aber hier drin wird ihm natürlich nichts geschehen. „Hm", jede Bewegung scheint zuviel zu sein. Vielleicht wird er wieder krank. Oder ist es noch. Jeder kranke Schließer ist ein guter Schließer. Je weniger, desto besser. Herold dreht sich um und schlurft zur Ausgabe. Er schließt die Tür auf. Die Neonröhre im Ausgabekabuff macht ihr typisches Geräusch – ein beruhigendes Klirren. Ich blicke auf die Regale: keine Kabeltrommel, kein Mehrfachstecker. Nichts dergleichen. Scheiße. Ich nehme den Schraubendreher und gehe zurück zur Säge.

Eine Holzplanke nehmen, auf die Säge legen, Bretter stapeln. Nächste Planke, wieder stapeln. Meine Gedanken fangen an zu fliegen – zu zerfasern und immer kleiner und dünner zu werden. Wie Gas, das sich verflüchtigt. Das Kabel. Die Flex. Schmidtke. Die Autosendung. Alles durcheinander. Ich versuche mich auf einen Säge-Takt einzulassen – aber mit Schmidtke gibt es keinen Takt. Immer wieder wird er langsamer, macht Pausen, um zur Kaffeemaschine zu gehen, raucht eine im Pausenraum. Der Tag wabert mit Schmidtke dahin. Aber die unvorhersehbare Geschwindigkeit treibt mich in den Wahnsinn. Schnell. Langsam. Rauchen. Langsam. Schnell. Kaffee. Rauchen. Labern. Langsam. In mir macht sich eine Anspannung breit. Ich werde gezwungen mit Schmidtke zu treiben. Ist totaler Schwachsinn. Ich will weg. Weg. In mir beginnt es zu brodeln. Wie bei Wasser, das man langsam erhitzt. Bläschen steigen auf, lösen sich vom Rand. Jedes Bläschen ein Faustschlag in die Fresse von Schmidtke. Von Herold. Von Sauer. Von Arleburg. Von Schmidtke. Das Brodeln wird mehr. Einfach die Faust in Schmidtkes Fresse. Die schiefe Nase wird noch schiefer sein, wenn ich ihm erstmal draufgeschlagen habe. Das Blut würde sein eigenartiges Kinn herunterlaufen. Schmidtke.

Schmidtke labert weiter. Kapiert er nicht, dass mich das nervt? Ich will das nicht hören. Schmidtke hört auf und guckt mich an: „Was los, Alter. Alles cool." Er macht eine beschwichtigende Handbewegung. Jetzt erst merke ich, dass ich mit ganzer Kraft die Holzplanke festhalte. In meinen Händen ist sie wie in einem Schraubstock eingeklemmt. Meine Knöchel treten weiß hervor. Ich starre auf meine Hände, dann sehe ich zu Schmidtke rüber. Er ist erschrocken. „Jetzt bloß keine Aufmerksamkeit erregen" flüstert eine Stimme in meinem Kopf. „Denk an den Plan." Ich versuche den Griff zu lockern und nicke Schmidtke zu: „Alles cool." Er nickt. Wir legen die Planke auf den Sägetisch und die fertigen Bretter auf den Rollwagen. „Kaffee." Ich gehe zur Kaffeemaschine und schenke mir

Brühe ein. Ich muss runterkommen. An etwas anderes denken. Meinen Plan. Ich habe einen Maulschlüssel. Eine Leiter. Meine Leiter.

Ich schaue zur Seite. Wo ist meine Leiter eigentlich? Ich habe sie seit ein paar Tagen nicht mehr gesehen – oder bilde ich mir das ein? Ich gehe in die Halle und werfe einen Blick zur Leiter. Oder dahin wo sie stand. Sie ist weg. Verfickte Scheiße! Wie kann das sein? Wochenlang interessiert sich keiner dieser Schwanzlutscher dafür – aber jetzt ist sie weg? Meine Leiter ist weg. Govno! Govno! Govno! Govno! Ich trete euch in die Fresse, ihr Ärsche. Ich bringe euch um. Ihr Wichser. Wenn wir draußen wären und wenn wir alleine wären, ich würde euch langsam sterben lassen. Langsam. Mit viel Blut. Ich explodiere. Die Hitze in mir wird unerträglich. Meine Muskeln wollen zerstören. Einen Widerstand fühlen. Eine Gegenwehr brechen. Ich möchte euch treten. Wohin auch immer. Eure Eier platzen lassen. Eure Zähne zerbersten.

Ruhig bleiben. Bloß cool bleiben, dass keiner merkt, was in mir los ist. Es gelingt mir nicht. Mir ist heiß. Ich muss hier weg. „Pissen", werfe ich meinem Gegenüber hin. Es ist Popel. Im Klo schließe ich mich in eine Kabine. Verfickt! Meine Leiter ist weg. Ich atme. Tief. Es bringt nichts. Dieser ganze Yoga-Atem-Mist, von dem Zinka immer erzählt hat. Die Fotze.

In mir explodiert es. Ich haue mit der Faust ein paar Mal gegen die weiß gekachelte Wand. Meine

Knochen tun weh. Fast wohltuend. Noch ein paar Treffer und ich werde ruhiger.

Ich habe keine Leiter. Okay, ich brauche dann also eine neue Leiter. Mein Opa hätte sich einfach eine Leiter gebaut. Aus Holz. Holz ist ja genug da. Nägel gibt es auch. Aber wann sollte ich das machen? Und wie? Wo sollte ich sie verstecken? Ich gehe in die Halle zurück. Schmidtke schaut mich nur an und sagt nichts. Er weiß, dass er jetzt unbedingt die Fresse halten muss. Ich will nichts hören – er weiß das. Ich habe keine Ahnung, wie lange ich weg war, aber plötzlich ist der Nachmittag vorbei und es geht zurück in unsere Löcher, wo es Fraß auf Plastiktabletts gibt.

Wie immer begrüßen mich die Höllenhunde mit ihren spitzen Zähnen. Sie rasen auf mich zu und bleiben doch auf der Tischplatte hängen.

Ich rauche. Und noch eine. Und noch eine. Mein ganzer Körper fühlt sich dumpf und leer an.

Unruhig lege ich mich abends hin. Ich kann kaum schlafen. Mein Plan – er ist in Gefahr. So kurz vor 'm Ziel. Verfickte Scheißleiter. Einfach weg. Ich wälze mich herum und frage mich, wie ich an eine Leiter kommen soll. Was muss ich tun, damit jemand eine Leiter in die Halle bringt. Oder eine bauen. Aber wie? Wie soll das gehen? Es gibt Holz in der Werkstatt – mehr als genug. Nägel auch. Aber wie und wann soll ich die Leiter bauen, ohne dass es jemand merkt und wo soll ich sie verstecken, ohne dass sie jemand findet?

48

Der Morgen kommt – zu schnell. Die trüb ver-
hangenen Sonnenstrahlen versuchen sich durch
den Nebel und die Gitterstäbe zu zwängen, aber
es schafft nur eine kleine Ahnung von Sonne bis in
die Zelle. Wie jeden Morgen ein Pochen, ein
Schlüssel, ein „Morgen", ein Nicken.

Dann aufstehen, pissen, anziehen, Kaffee trinken. Mit den anderen zur Werkstatt gehen. Irgendein Gelaber über mich ergehen lassen. In der
Werkstatt die stets gleiche Begrüßung durch den
Geruch von Holz und Schweiß auf mich wirken
lassen. Holz.

Ich stelle mich zu den anderen an die Kaffeemaschine. Nicht um zu reden, sondern um nachzudenken. Wo kann ich hier eine Leiter verstecken? Das Versteck muss ca. 2m lang sein. Nicht
besonders hoch, aber dafür breit, so ungefähr
50cm. Und es darf nicht auffallen.

Es gibt verschiedene Möglichkeiten. Da wäre
das hohe Regal. Aber wenn jemand etwas anderes rausholt, könnte die Leiter auffallen. Nein, das
Regal ist zu unsicher. Unter den Arbeitsschränken.
Die Schränke stehen auf Füßen, die genug Luft
lassen, so dass man etwas darunter schieben
kann. Aber was ist, wenn darunter sauber gemacht
wird? Oder wenn jemandem irgendwas runterfällt
und unter den Schrank rollt?

Ich sehe mich weiter um, es muss eine andere
Lösung geben. Der Palettenstapel ist aus Holz.
Holz in Holz fällt keinem auf. Wenn ich eine Holz-

leiter aus dem Palettenholz baue, wird sie in dem Holzstapel nicht bemerkt werden. „Ivo, pennst du?" Schmidtke. Ich schaue ihn an und nicke, laufe hinter ihm zur Säge. Den ganzen Tag beschäftigt mich das Versteck. Holz in Holz zu verstecken. Ich bin so geil. Was für eine geniale Idee. Das werden die Ärsche nicht bemerken. Sie werden nur Holz sehen, weil sie auch nur Holz erwarten. Aber darin wird sich eine Leiter verbergen.

Im Einerlei des Sägens und Stapelns erwarte ich jedesmal die Chance mit dem Rollwagen die Bretter zu den anderen zu bringen. Dabei führt mein Weg am Palettenstapel vorbei und ich kann ihn mir etwas genauer betrachten. Die Paletten sind akkurat aufgestapelt. Is' ja der Wahnsinn, ihr Spinner. Schafft es Paletten aufeinander zu stapeln, aber wenn es darum geht einen Löwen im Knast zu behalten, habt ihr keine Chance. Ich muss unverzüglich grinsen, hoffe dass das niemand gesehen hat. Niemand soll auf die Idee kommen, ich hätte irgendwas vor.

Ich sehe nur eine Möglichkeit die Leiter zu verstecken. Ich muss sie im hinteren Stapel in die Paletten schieben, zwischen oberer Holzschicht und unterem Brett, welches den Abschluss zum Fußboden bildet. Aber wie soll ich in diese Lücke eine Leiter bekommen. Entweder muss sie sehr klein sein oder aber aus sehr dünnem Material. Aber ich habe nur Holz. Scheiße. Wie soll das denn gehen?

Während des Sägens ertrage ich Schmidtkes Ausführungen zu irgendeinem Film, der laut

Schmidtke schlecht war. Durch den Vorhang von Gelaber versuche ich einen Gedanken zu verfolgen – was für eine Art von Leiter kriege ich in diesen Spalt – und zwar aus Holz.

Am Ende des Arbeitstages räumen wir, wie jeden Tag, die Werkstatt auf. Schmidtke fegt die Späne zusammen und bringt sie zu einer Tonne. Ich schnappe mir den Schraubendreher und bringe ihn zur Werkzeugausgabe. Neben mir steht Popel mit einem Zollstock in der Hand. Er reicht ihn über den Tresen, nickt Herold zu, der die Werkzeuge annimmt, und geht. „Schraubendreher." Herold guckt übellaunig. Ich gebe ihm das Werkzeug und bewege mich wieder Richtung Sägetisch. Schmidtke ist fertig mit dem Fegen. Nichts zu tun also, was ich noch machen müsste. Gehe also zum Ausgang. Sauer geht mit uns zu den Zellen. Ein Versteck für eine Leiter. Eine Leiter.

In meiner Zelle wieder zurück, lege ich mich auf's unbequeme Bett und verschränke die Arme unter meinem Kopf. Mein Plan kann doch noch funktionieren. Ich brauche eine Leiter. Und Strom. Aber ich habe ein Versteck. Irgendwann schlafe ich ein.

49

Mein erster Gedanke am nächsten Morgen gilt der Leiter.

Ich könnte eine Leiter bauen. Holz ist da. Nägel sind da. Kein Problem also.

Die Planken bei uns am Sägetisch sind zirka zweieinhalb Meter lang und vielleicht 10 oder 15 Zentimeter breit. Zwei davon könnten die Längsseite einer Leiter bilden.

Die zugesägten Bretter sind 80 oder 120 Zentimeter lang. Wenn ich die 80er nochmal durchsäge, habe ich 40 Zentimeter breite Stufen. Ich müsste die kurzen Bretter auf die Planken nageln. Da bräuchte ich vielleicht... Ein Hämmern an der Tür durchbricht meine Gedanken. Der Schlüssel dreht sich und Tripke guckt rein: „Morgen, alles klar?" Ich nicke, wie jeden Morgen. Er geht und lässt die Tür offen. Aufstehen, pissen und mit den anderen zur Tischlerei. Ich beginne mich mechanisch zu bewegen, merke gar nicht, wie ich mich anziehe und mir einen Kaffee mache. Meine Aufmerksamkeit ist bei der Leiter. Die Leiter. Ich nagle die Stufen auf die Planken. Da bräuchte ich vielleicht so alle 50 Zentimeter eine Stufe, also vier Stufen. Es ist ganz einfach, was ich brauche: zwei Planken als Längsseite nehmen. Vier kurze Bretter, also acht Nägel. Ich fühle mich gut. Leicht, fast euphorisch. Ich werde eine Leiter bauen und es ist kein Problem. Dobro. Ihr Idioten werdet noch sehen, was es heißt, einen Löwen einzusperren.

In der Tischlerei stehe ich am Sägetisch und betrachte das Holz. Es ist billig - Fichte vielleicht. Roh geschnitten, rau und mit Astlöchern. Ich schiebe die Stapel mit Zersägten zu den Palettenbauern. Popel arbeitet hier. Er blickt mich kühl an.

Als wenn mich das interessieren würde wie du kleines Arschloch mich anguckst. Gerne würde ich dir draußen begegnen, in einer leeren Gasse. Dunkel und feucht. Oder in einem Wald, wo deine Schreie nicht gehört werden. Deine struppigen Haare würde ich tief in den Waldboden drücken, so lange, bis du winselst.

Popel legt Bretter auf dicke Holzklötze, die er mit den Brettern zusammennagelt. Die Klötze bilden den Abstand zwischen dem Palettenboden und dem Boden darunter, damit ein Gabelstapler die Paletten gut greifen kann. In diesem Spalt will ich meine Leiter schieben und verstecken. Die Klötze sind 10 Zentimeter hoch – diese Höhe habe ich also zur Verfügung. Popel glotzt mich verständnislos an: „Was'n?" Ich drehe mich um und gehe zur Kaffeemaschine.

Während die anderen im Frühstücksraum sitzen und ihre pappigen Brote fressen, schleiche ich mich in die Werkhalle. Am Arbeitsplatz von Popel halte ich an und greife in den kleinen Karton, in dem die Nägel sind. Mit den Nägeln gehe ich zu meinem Tisch rüber. Über der Säge hängt eine große Abzugshaube, die den Holzstaub nach draußen befördert. Der Rand der Haube ist nach oben gebogen und bildet so eine von unten nicht einsehbare Vertiefung. Ich steige auf den Sägetisch und lege die Nägel dort hinein.

Gerade vom Tisch runtergesprungen, betritt Herold die Halle. „Wo is' Schmidtke?" Gut, er findet es scheinbar normal. Dass ich hier bin.

Zu den Bretterstapeln schlendernd, gehe ich unauffällig an den Palettenstapeln vorbei und versuche die Breite der Lücke abzuschätzen, in die ich meine Leiter schieben will, um sie zu verstecken. Sie ist zu klein – die Leiter wird nicht reinpassen. Wenn die Leiter ca. 40 Zentimeter breit ist, brauche ich am besten 50 Zentimeter, damit sie sich nicht verkantet und ich sie gut reinschieben kann. Ich muss die Leiter an den schmalen Seiten reinschieben, aber die sind insgesamt nur 80 breit und in der Mitte befindet sich noch ein Holzklotz als Palettenfuß. Verdammter Scheiß. Wie kriege ich da jetzt meine Leiter rein? Wenn ich die Längsbretter nochmal der Länge nach durchsäge oder wenn ich die Stufen kleiner mache.

Schmidtke ruft „Ey." Wahrscheinlich meint er mich. Ich gehe zu ihm und widme mich der eintönigen Arbeit am Sägetisch. Govno. Mein Blick fällt auf Popel, der die Bretter an den Holzfüßen befestigt. Mit einem Zollstock misst er irgendwas nach. Der Zollstock von Popel. Mir fällt wieder ein, wie er neulich vor der Werkzeugausgabe mit dem Zollstock rumgespielt hat: aufklappen, zuklappen, aufklappen, zuklappen. Eine Klapp-Leiter? Eine Klapp-Leiter! Wenn ich die Stufen nur mit einem Nagel an den Längsseiten befestige, kann ich die langen Planken gegeneinander verschieben. Die Stufen klappen quasi weg, liegen quer auf den Längsseiten und meine Konstruktion ist nur noch so breit wie zwei Planken breit sind – plus ein bisschen Überstand rechts und links. Die Lücke unter den Paletten müsste groß genug sein, dass ich die Leiter hineinschieben kann. Jetzt muss ich sie nur noch bauen.

Die Gedanken an die Leiter machen mich verrückt. Meine Gedanken rutschen immer wieder weg. Einfach weg. Ich will mich konzentrieren – auf die Scheiß-Bretter. Schneide sie nochmal durch. 40-Zentimeter-Bretter liegen vor mir. Die brauche ich. „Büschen kurz, wa?" Schmidtke. Scheiße, ich muss mich zusammenreißen. Konzentrier dich. Ivo. Jetzt. Keine Fehler mehr. Nichts tun, was den Plan gefährden könnte. „Da, kurz." Ich nehme die kurzen Bretter und werfe sie in die Metallbox, in der der Holzverschnitt landet. Scheiße, bloß nicht auffallen.

Keiner beachtet mich, jeder macht seinen Scheiß , den er immer macht – Kaffee trinken, labern, irgendeinen Mist am Palettenbau. Zum Glück seid ihr alle so stumpfsinnig und dumm – ihr würdet es wahrscheinlich nicht merken, wenn ich mir vor euren Augen einen runterholen würde. Aber ich muss aufpassen. Trotzdem. Angespannt gehe ich zum Sägetisch zurück. Popel labert mit Schmidtke, verstummt aber, als ich komme. Wir beginnen wieder zu sägen.

50

Am nächsten Morgen bin ich wach und vollkommen klar. Konzentriert bis in de Spitzen. Ein tiefer Atemzug. Ich bin groß und stark und ich werde gehe. Niemand sperrt mich ein.

Mit den anderen schlendere ich zur Tischlerei. Ihr seid alle so kacke, so klein, Würmer. Bei mir läuft es super. Alles fügt sich zusammen. Wie bei einem Puzzle.

Routine. Zur Kaffeemaschine und warten, bis die heiße Brühe durchgelaufen ist. Dabei den Knastklatsch über sich ergehen lassen. Irgendeiner hat sich aufgehängt. Vollidiot. Keine Ehre. Schmidtke labert was von „voll die arme Sau, von seiner Freundin verlassen". Ich wurde auch verlassen. Habe ich mich deshalb erhängt? Wegen einer Fotze? Wegen Zinka? Ich sage nichts und gehe zum Sägetisch. Die Bretterstapel wachsen, ich fahre sie zu den anderen Gesägten. Bretter in 120 und 80 Zentimeter Länge. Zwei 80er durchsägen und zack – vier Stufen.

Die Reststückbox. Sind meine zersägten Bretter von gestern noch drin? Drei 80er mittendurch waren das – genug Stufen für mich. Ich nehme die Holzreste und gehe zur Metallbox. Oben nur Reste. Ich lege die abgesägte Stücke hinein und suche vorsichtig nach den 40er Stücken. Ich kann sie so schnell nicht finden. Scheiße, die sind zu weit unten.

Also mache ich es wie gestern: lege 80er Bretter auf den Sägetisch und säge sie mitten durch. Schmidtke zieht die Augenbrauen hoch. „Schon wieder nich' geschlafen?" – „Da." Ich nehme die kurzen Bretter und bringe sie zur Restebox, aber diesmal lege ich sie hochkant an den Rand, so dass ich sie wiederfinde.

Frühstück. Wir gehen in den Frühstücksraum und essen Fraß. Irgendwann gehe ich raus zum Pissen. Jetzt ist die Gelegenheit, die Bretter zu holen. In der Werkstatt nehme ich sie aus der Box und schiebe sie unter die Paletten – dorthin wo auch die Leiter sein wird.

Der Tag vergeht. Wie immer. Zurück in der Kackzelle – wie immer.

Wenn die Putz-Knackis die Duschen sauber gemacht haben, riecht alles intensiv nach Chlor. Man kann es schon draußen auf dem Gang riechen. So als würde einem der Geruch direkt ins Gehirn steigen.

Wenn wir im Sommer nicht bei meinem Opa waren, gingen wir ins Schwimmbad. Es war klein, alt und hässlich, aber es war unser Revier. Wir hätten auch zum Meer fahren können oder im See baden – aber das Schwimmbad war uns lieber. Der aufdringliche Chlorgeruch, die Geräusche anderer Kinder, die sich gegenseitig ins Wasser schupsten und der Geschmack von Erdbeereis. Bei Vito in der Kneipe konnte man Erdbeereis kaufen. Die Kneipe war nichts weiter als ein rechteckiger Raum mit Stühlen und Tischen aus Holz, Aschenbechern und den Schwaden von Largos, die durch den Raum zogen. Vito hatte schwarze Haare. Und er hatte drei Töchter. Sie saßen immer am Tresen und tranken immer diese Limonade... Pipi, natürlich, so hieß die. Die eine hieß Kara. Sie war das schönste Mädchen der Welt. Einen ganzen Sommer lang überredete ich meine Brüder mit mir zu Vito zu gehen und Eis zu kaufen. Einen ganzen Sommer lang sah ich sie, träumte abends von ihr und überlegte mir, wie weich ihr Haar wohl wäre. Oder wie ihr Kuss schmecken würde – natürlich nach Limonade. Ich überlegte mir jeden morgen, dass ich ihr an diesem Tag meine Liebe gestehen würde. Ich würde zu ihr gehen und sie einfach nur angucken. „Volim te." Und sie würde antworten: „Volim te." Aber ich traute mich nicht.

Im nächsten Jahr war alles anders. Im nächsten Jahr himmelte sie irgend so einen Arsch an. So einen mit langen Haaren, zerrissenen Hosen und einem bunten Armband. Schwule Sau. Zum Kotzen, wie sie ihn anhimmelte. Die Schlampe.

Nach dem Duschen habe ich wieder Zeit an meinem Plan zu arbeiten. Liegestütze machen, auf der Stelle laufen, fit bleiben. Die Leiter in Gedanken bauen. Ich habe nur noch ein Problem – Strom. Woher bekomme ich ein Kabel, das lang genug ist, bis zum Zaun zu reichen?

Auf dem Weg zum Hof starrt mich Tripke an. Er sitzt heute hinter der Scheibe in der Schleuse und beobachtet. Denkt, er könne in mich hineingucken mit seinem Blick. Will wissen, was in mir vorgeht. „Alles klar?" – „Da." Sehe ich so anders aus als sonst? Hinter der Scheibe steht eine Vase mit einer Plastikblume. Was für 'ne Kacke. Soll es damit gemütlich werden? Plastikhirne, die habt ihr. Im Hof setze ich mich auf eine der Bänke. Wie immer. Immer gleich. Die Holzbänke, die beiden Bäume, die Russen in der Ecke, ein paar die im Hof umherlaufen wie Hunde, die Auslauf haben, rauchen.

Wir treffen uns im Hotel Jelena. Unten ist eine alte Holztür, durch die man in einen Gastraum gelangt. Braune, alte Holztische mit rot-weißkarierten Tischdecken, Bänke mit alten beigebraun gestreiften Bezügen. Verschlissen, hier und da ein Loch, Flecken. Auf jedem Tisch eine weiße Porzellanvase mit einer roten Plastikblume. Staubig, dreckig. Daneben ein Aschenbecher, Zahnstocher, Öl und Essig. Eine dunkle Holzdecke mit runden Glaslampen. Es ist düster. An der hinteren Wand ein Tresen, der auch als Anmeldung für die Pension dient. Der Wirt hinterm Tresen wirkt gelangweilt. Sein Dreitagebart sieht nach ungepflegten sieben Tagen aus, die Haare fettig, das T-Shirt mit irgendeinem Soßenfleck. Ich setze mich an einen der Tische. Die Zahnstocher sehen benutzt aus, die Getränkekarte ist klebrig. „Što hoćeš popiti?" Was willst du trinken? „Osječko." Er nickt und geht.

Maksim kommt und setzt sich zu mir. „Alles klar?" – „Da." – „Dobro." Er bestellt sich auch ein Bier, als meines kommt. Wir trinken und reden nicht. „Heute geht's zu Mitja." Ich nicke. Mitja wohnt in Split. Eine lange Fahrt.

Irgendwann sind wir da. Mitja erwartet uns und lotst den Laster durch ein enges Tor hindurch in den Hinterhof. Wir helfen ihm die Klappe zu öffnen und springen auf die Ladefläche.

Mitja öffnet einen Karton. Obendrauf irgendein Styroporzeug. Dann Spielzeug. Irgendwelche Puppen. Er nimmt einige raus und öffnet einen darunter liegenden Holzkasten.

Waffen. In den Kästen sind Waffen. Maschinengewehre, soweit ich erkennen kann. Mitja öffnet einen anderen Karton. Wieder Styropor und Puppen. Dann Waffen. Pistolen diesmal. Karton um Karton begutachtet er und zählt. Auf einer Liste hakt er ab und notiert irgendwas. Schließlich ist er zufrieden. „Dobro." Mehr hören wir nicht von ihm. Er gibt Maksim einen Koffer, den er aus dem Haus holt. Maksim öffnet ihn und überschlägt die Summe, die sich darin befindet. In Maksims Auto fahren wir zurück nach Sisak. Wir schweigen.

Eine Waffe hätte ich jetzt auch gern. Sranje. Man ist hier total abgeschnitten. Scheißnazis mit ihren Knästen. Ich könnte Mikolaj auch bei seinen Waffengeschäften helfen. Würde ihm die Namen von Markos Leuten geben. Aber dann denkt er, ich bin nicht loyal – also auch nicht loyal zu ihm. Nee, das ist gefährlich. Lieber erstmal als Türsteher und dann sehen wie es weitergeht. Es wird sich ein Weg finden. Yasha könnte ich fragen. Er weiß immer Rat.

Wieder in der Zelle denke ich an Prag. An die geilen Nutten in Mikolajs Puff. Wie sie ihre Brüste an den Männern reiben, um sie dazu zu bewegen mit ihnen zu gehen. Mein Schwanz wird hart. Ich hab' Bock zu ficken. Egal was für'ne Alte. Eine Nutte, die Krankenschwester hier im Knast, egal. Hauptsache eine nasse Fotze, in die ich meinen Schwanz stecken kann. Mein Schwanz wird immer härter und platzt fast. Ich hole mir einen runter. Das wird bald ein Ende haben. Bald kann ich wieder ficken wen ich will.

51

In der Pause am nächsten Vormittag gehe ich zu den langen Planken und schiebe zwei neben den Palettenstapeln an die Wand. Ich weiß noch nicht, wann ich es wagen kann, die Nägel einzuschlagen. In der Frühstückspause würde das sicher Aufsehen erregen. Das Hämmern dröhnt bestimmt bis zum Aufenthaltsraum. Als ich zu den anderen gehen will, bemerke ich eine Kabeltrommel neben einem Stapel Kisten im hinteren Bereich der Werkhalle. Ich nehme sie und stelle sie neben den Bretterstapel an die Wand – wo sie so leicht keiner sieht. Sollte sie aber gesucht werden, kann man sie dort finden und jemand hat sie ‚aus Versehen' dort abgestellt. Ich gehe zu den anderen zurück und trinke den schlechten Kaffee zu Ende. Eine Kabeltrommel. Ich hoffe, niemand sucht sie. Ich hoffe, niemand vermisst sie. Ich hoffe, sie ist vergessen.

Wieder eine neue Aufgabe. Immer wenn ich etwas löse, taucht was Neues auf. Kack. Ich muss schätzen, wieviel Meter Kabel ich brauche. Bis zum Fenster hoch sind es ca. 5 Meter, dann über das Vordach – vielleicht zehn Meter oder 15. Dann wieder runter, vielleicht 3 Meter. Wie weit ist es vom Anbau zum Zaun? Und dann zwei Meter in die Höhe.

Wieviele Meter? Den ganzen Nachmittag über muss ich an die Entfernung denken. Die Entfernung.

Wir gehen rüber. Zum Sport. Vielleicht ganz gut, dass ich immer noch diesen bekloppten Basketballkack mache. Auf dem Basketballfeld stehe ich irgendwann rum und versuche die Entfernung zu schätzen. Der Ball knallt gegen meinen Kopf. Drkadžija. Guzica. Kučkin sin. Wichser. Arsch. Hurensohn. Ich drehe mich um und schaue den Wichser an. Der Schweinestöhner! Schlimm genug, dass ich dich Wichser jede Woche hier sehe, jetzt schmeißt Du mir auch noch diesen Kackball an den Kopf?! Meine Muskeln spannen sich an. Er erstarrt. Seitdem wir eine Zelle geteilt haben, geht er mir aus dem Weg. Und das ist auch gut so. Der Arsch. Ich könnte ihn töten. „Ja, wat stehste da och rum." Er versucht die Situation für sich zu entscheiden. Ich hasse ihn. In meinem Kopf explodiert eine Bombe. Ich will meine Faust in seiner Fresse spüren. Spüren, wie sie unter mir zu einem Klumpen Brei wird. Aber ich darf dem Impuls nicht nachgeben. Heute nicht. Ich bin kurz vor dem Ziel, ich bin fast draußen. Nicht schlagen. Drkadžija.

Fühlen, wie deine Nase bricht. Dein warmes Blut auf meinen Händen. Deine Fresse, die endlich aufhört zu grinsen. Zu labern. Zu stöhnen. Schweinestöhner. Meine Muskeln fühlen sich an wie Beton, meine Faust ballt sich, meine Zähne pressen sich aufeinander. Mir wird heiß. Ich kann nicht mehr denken. Ich sehe nur noch ihn und seine Fresse, die ich zu Brei schlagen will. Ich versuche mich nicht zu bewegen, aber der Drang ist stärker. Wenn ich mich bewege, ist er reif. Nicht bewegen. Ich bin fast draußen. Nicht für diesen Hurensohn alles riskieren. Das ist er nicht wert.

Arleburg kommt. „So Leute, jetzt mal ganz ruhig." Er stellt sich zwischen uns. Ich hasse ihn dafür. Ich will Schweinestöhner töten. „Alles okay, Herr Branković?" Mein Kiefer presst sich zusammen, ich kriege die Zähne kaum auseinander: „Da." Er dreht sich zu Schweinestöhner um: „Herr Nowak, vielleicht entschuldigen Sie sich mal eben." – „Ich kann nix dafür. War'n Unfall." – „Is mir egal." – „Tschuldigung." – „Okay? Kann's weitergehn?" Ich versuche ihn noch mit meinen Blicken umzubringen. Gerne würde ich ihm Schmerzen zufügen. Aber der Schließer hat mich gerettet. Ich kann mich bewegen und spiele weiter. Aber ich kann mich nicht mehr konzentrieren. Ich denke an Schweinestöhner und prügle ihn tot. Seinen letzten Atemzug aus ihm herausprügeln. Das wär's. Aber hier drin geht das nicht. Draußen ist alles anders. Bald. Nicht mehr lang. Bald bin ich draußen.

Abends. Ich liege auf meiner Pritsche und stelle

mir den Rasen zwischen Mauer und Anbau vor. Vielleicht 20 Meter. Oder 30. Die Kabeltrommel ist groß. Wenn ich Glück habe, sind 50 Meter drauf. Aber es wird nicht reichen. Die Trommel ist zu kurz. Ich brauche mehr Kabel. Und ich muss es mitnehmen können. Aus dem Fenster und über das Dach.

Schweiß auf meiner Stirn. Meinem Körper. Ich bin wach und ich weiß nicht warum. Aber mein Herz schlägt schnell und ich kann mich kaum bewegen. So als wäre ich 10 Jahre alt. Ich schüttele meinen Kopf und versuche das komische Gefühl abzuschütteln. Ich stehe auf, streiche mir mit meinen Händen über den Kopf und pisse. Dann eine rauchen. Einfach nur sitzen. Ich schaue an die Wand gegenüber, das schlechte Bett, das Fenster, das mich dunkel anglotzt, auf den Tisch. Die Höllenhunde bellen und geifern. Wie jeden Tag. Wie immer.

52

Pochen an der Tür. Ein Schlüssel, die Tür öffnet sich. Arleburg glotzt rein: „Morgen." Ich hebe kurz den Kopf und nicke. Lebendkontrolle. Arschlöcher. Als wenn ich mich umbringen würde wie ein Versager. Raus will ich, aber lebend. Ich stehe auf. Pisse. Rauche. Gehe zu den anderen und schlurfe dann Richtung Tischlerei. Das Kabel. Es wirbelt in meinem Kopf. Ich muss das lösen. Ich brauche ein Kabel, sonst kann ich die Flex nicht benutzen.

In der Werkhalle geht mir alles auf die Nerven. Die Geräusche. Das Hämmern und Sägen. Die Laberscheiße, das Lachen. Die Art, wie Schmidtke atmet und pfeift. Mir wird immer heißer. Schweiß auf meiner Stirn. Ich wische mir mit dem Ärmel über das Gesicht. Scheiße. Ich drehe hier durch. Die Kabel, die von der Wand hängen, die Ablufthauben, die versuchen den Staub aus der Luft zu ziehen. Was aber nicht gut funktioniert. Überall dieser Scheißstaub. Überall Holz. Ich hasse Holz. Jetzt und hier hasse ich Holz. Ich gehe zur Kaffeemaschine und versuche mich zu beruhigen. Locker bleiben.

Ich starre auf die Wand mit den Paletten, das Tor. Rohre, die an der Decke langlaufen. Neben dem Tor befindet sich, ca. 50 Zentimeter über dem Boden, eine Steckdose. Eine Dose auf dem Putz. Ein Kabel einfach auf der Wand verlegt und mit kleinen Plastikschellen festgemacht. Ich stelle meinen Kaffeebecher weg und gehe wieder zum Sägetisch. Von hier kann ich die Steckdose besser sehen. Eine Dose auf Putz. Mit einem Kabel. Ich verfolge mit den Augen das Kabel. Von der Steckdose läuft es nach oben über das Tor und auf der anderen Seite wieder herunter. An der Wand Richtung Palettenstapel. Dahinter verschwindet es.

Mein Herz rast. Wieviel Meter? Wieviele Meter hat wohl dieses Kabel?

Ich nehme die Karre mit den zersägten Brettern und gehe langsam am Tor vorbei. Die Steckdose. Ich darf nicht zu oft hingucken. Bloß vorsichtig sein. Das Tor ist vielleicht 4 Meter breit und 3 Meter hoch. Also 14 Meter Kabel, alleine um um das Tor zu kommen, dann der Weg an der Wand lang zu den Paletten. 5 Meter? 7 Meter? Je nachdem wo es in der Wand verschwindet, könnte ich damit schon fast über das Vordach kommen. Wenn ich die Kabeltrommel anschließe, könnte es reichen. Ich habe Strom am Zaun. Die Flex anschließen und mich einfach rausschneiden. So einfach ist das.

In der Frühstückspause gehe ich zur Steckdose. Sie sitzt fest an der Wand, lässt sich aber sicherlich lösen. Die Plastikschellen sind kein Problem. Ein bisschen kräftiger am Kabel gezogen und schon ist es ab.

Nachmittags. Ich säge Bretter. 80 Zentimeter, 1 Meter 20, 80 Zentimeter, 1 Meter 20. Den ganzen Nachmittag. Die Steckdose. Wenn ich sie soweit gelöst habe, dass sie aus der Wandhalterung raus ist, dann kann es losgehen.

Als ich die Karre mit den Brettern zu Popel fahre, halte ich kurz an, um die Kabeltrommel unter den alten Werktisch zu schieben. Hinter einen Karton. Auf Popels Arbeitstisch liegt Klebeband. Schwarzes, breites Gewebeband. Das kann ich gut gebrauchen. Die Stecker aneinanderkleben. Sonst löst sich noch die Verbindung vom Kabel aus der Wand mit der Kabeltrommel und das war's dann. Dann bin ich unten am Zaun und oben auf dem Vordach ist die Verbindung unterbrochen. Wenn ich bloß an dieses Klebeband kommen könnte. Popel glotzt mich an. Seine wässrigen dumpfen Augen würde ich gerne den Ratten zum Fraß vorwerfen. Er dreht sich um und geht zur Kaffeemaschine. Demonstrativ dreht er mir den Rücken zu. Ich blicke mich um. Kein anderer scheint mich zu beachten. Ich reiße ein Stück Klebeband ab und klebe es unter den metallenen Arbeitstisch von Popel. Keiner würde es hier bemerken. Und wenn, würde sich sicher keiner was dabei denken. Ich schiebe den Rollwagen zurück zu Schmidtke. Mein Plan – er wird funktionieren.

53

Hof. Draußen sitzen und rauchen. Die anderen beobachten. Rauchen. Immer gleich. Immer gleich. Rauchen. Gucken. Die anderen machen es genauso. Manche labern miteinander. Rauchen. Glotzen. Rauchen. Labern.

Dann der immer gleiche Fraß auf der Kackzelle. Pappiges Brot, billige Wurst. Bald ist es vorbei. Ich gehe. Einen Löwen kann man nicht einsperren.

Wochenende. Träge. Klebrig. Gleichförmig. Ich mache 100 Liegestütze. Rauchen. Denken. Mein Plan. Habe ich alles? Ich klettere durch das Fenster vom Schließerklo in die Werkhalle. Dann meine Leiter geholt und die Kabeltrommel.

Scheiße. Die Leiter ist noch nicht fertig. Ich habe das Holz und die Nägel, aber sie ist noch nicht zusammengebaut. Was, wenn ich es erst mache, wenn ich sie brauche, wenn ich gehe? Ich nehme dann die Holzbretter, schlage die Nägel ein. Dauert nicht lange. Aber womit? Womit schlage ich die Nägel ein? Die Werkzeuge sind weggeschlossen.

Oder doch in der Pause? Aber wie erkläre ich den Lärm. Wird bestimmt ein Nazi-Schließer kommen und gucken wollen, was passiert ist. Woher der Krach kommt.

Das Wochenende wabert dahin. Am Montagmorgen hämmert es an der Tür. Ein Schlüssel, die Tür geht auf. „Morgen." Ich nicke. Die Tür schließt sich nicht. Ich stehe auf, pisse und ziehe mich an. Kaffee trinken. Zu den anderen. Gemeinsam zur Werkhalle.

In der Frühstückspause gehe ich in die Werkhalle und lege Bretter vom zersägten Stapel auf den Boden. Es soll aussehen, als sei der Stapel umgefallen. Ich schnappe mir den Hammer von Popel, ziehe die langen Planken und die Bretter ein Stück unter den Paletten hervor. Eine Planke ziehe ich mehr raus, so dass ich die Bretter schräg auf die Planken legen muss. Ich renne zum Werktisch und hole die Nägel. Ich taste. Wo sind sie? Sind sie weg. Mein Herz beginnt zu hämmern. Meine Finger tasten in diesem Spalt herum. Da is' was. Ich hab' sie. Sie waren einfach weiter rechts als gedacht. Ich nehme die Nägel und drücke sie so in das weiche Holz, dass sie von alleine stehen. Jetzt heißt es Tempo. Der erste Schlag versenkt den Nagel sofort. Es dröhnt und ist laut. Die ganze Halle scheint zu vibrieren. Schnell noch drei weitere Nägel. Ich renne zu Popels Werkbank und schmeiße den Hammer drauf. Als ich neben meinem Bretterstapel stehe rast mein Herz. Ich versuche ruhig zu wirken. Herold steht in der Tür der Halle und starrt rein. Alles passiert gleichzeitig. Mein Herz, Herold, der Versuch einer Maske. „Was machen Sie hier?" Unfreundlich. Misstrauisch. „Dachte zu kurz. Wollte gucken." – „Und der Lärm?" – „Umgefallen." Ich deute auf den Stapel mit den umgefallenen Holzbrettern. „Und, sind sie?" – „Was?" – „Die Bretter, ob sie zu kurz sind?" Herold fixiert mich. „Nee." - „Okay, aber jetzt is' noch Pause. Geh'n Sie `nen Kaffee trinken, ja?" – „Da." Er dreht sich um. Ich schiebe meine Leiter unter die Paletten und gehe ihm nach.

Mein Herz klopft. Ich muss aufpassen. Mehr aufpassen. So kurz vor'm Ziel darf ich mir keine Fehler erlauben. Aber ich habe es geschafft. Ich habe eine Leiter. Herold sieht misstrauisch aus. Ich muss aufpassen. Keine Fehler so kurz vor'm Ziel.

Nach drei Schlucken Pisskaffee geht es wieder in die Werkhalle. Wir arbeiten. Wie immer. Arbeit nennen sie das. Paletten zusammennageln. Das ist keine Arbeit. Ist was für Idioten. Stumpfe. Aber der deutsche Nazi holt sich einen drauf runter. Tischlerei. Schwachsinn. Eine Tischlerei in der nur Paletten gemacht werden. Sonst nichts. Keine Stühle, keine Schränke, noch nicht mal was für Kinder. Nur Paletten. Dreckscheiße.

Herold schaut zu mir rüber. Hoffentlich ahnt der nichts. Der Wichser. Dir würde ich auch gerne die Fresse polieren, deinen Kiefer brechen, dein Blut auf meiner Haut spüren.

Mir wird heiß. Herold. Herold mit blutender Nase. Herold – winselnd und bettelnd vor mir auf den Knien. Herold im Dreck, heulend wie ein Mädchen. „Ey, mach' ma'." Schmidtke. Ich gucke ihn an und sehe seine dauergrinsende Fresse. Schmidtke. „Da." Ich nehme die Planke, die Schmidtke hochheben will, am anderen Ende und lege sie auf den Sägetisch. Holz. Sägen. Schmidtkes Grinsen.

Ich versuche an das Kabel zu denken. Und meine Leiter. Meine Freiheit. Das Kabel an der Wand und die Kabeltrommel zusammen – das könnte reichen. Ich könnte es bis zum Zaun schaffen. Mit dem Klebeband kann ich die beiden verbinden, zusammenkleben.

Ich bin bereit. Ich habe alles. Die Leiter – ich muss nur noch eine Stufe annageln, aber das kann ich auch wenn ich gehe. An meinem Tag.

„Streibel, fahr mal die Palettenstapel mehr an die Wand ran." Herold schreit durch die ganze Halle. „Dann muss ich alle Stapel umschichten." – „Genau." Herold geht in sein Büro Streibel schnaubt vor Wut. Wenn irgendwas nicht so läuft, wie er es sich denkt, dann dreht Streibel fast durch. Könnte wetten, dass ihn das auch hierher gebracht hat. Aber Streibel ist egal. Wenn er die

Stapel umschichtet, findet er meine Leiter, die in der hinteren Reihe der Stapel auf mich wartet. Govno! Ich muss sie holen und woanders hintun. Aber wann?

Streibel mault. Die Uhr rückt vor. Die Zeit. Es ist gleich vier. Gleich gehen wir raus. Gleich. Streibel setzt sich in den Gabelstapler und flucht vor sich hin. Ich beobachte die Uhr. Sie rückt vor. Gleich. Streibel fängt an den Stapler zu rangieren. Er fährt zur hinteren Reihe. Mein Herz klopft. Nicht diese Reihe. Meine Leiter! Meine Leiter! „Streibel, is' vier." Ich deute auf die Uhr und mache mit meinem Kopf eine Bewegung Richtung Ausgang. Streibel guckt mich an, guckt auf die Uhr. Er fährt den Stapler auf die Stelle, wo er immer parkt und steigt ab. Herold kommt: „Was ist denn bitteschön los, Herr Streibel?" – „Is' vier, lohnt nicht mehr. Mach' ich morgen." Herold guckt zur Uhr. Zornig. Er nickt und verschwindet im Büro. Als alle im Pausenraum sind und ihren Tabak zusammensuchen laufe ich zurück in die Halle. Jetzt oder nie. Ich ziehe meine Leiter hervor und schiebe sie hinter das Restholz. Kein gutes Versteck, aber es muss für heute und morgen reichen.

54

Dann gehen Herold und Sauer mit uns zurück. Wie immer.

„Der müsste mal geschnitten werden," Sauer zeigt auf den Baum, der auf der kleinen Blumeninsel mitten im Hof steht. „Is' doch egal, dafür haben wir jetzt echt keine Zeit." Herold zuckt mit den Schultern. Sein Tonfall macht deutlich, dass es ihn nicht weiter interessiert. „Guck doch, was er überdeckt." – „Was soll schon passieren?" Sie gehen schweigend weiter.

Was verdeckt denn dieser Baum? Was meinte Sauer damit? Als wir am Durchgang sind, drehe ich mich um. Was verdeckt der Baum? Ich sehe es nicht.

Nächster Morgen. Ein Hämmern. Der Schlüssel. Die Tür geht auf. Aufstehen. Pissen. Kaffee. Das erste Mal will ich den Weg zur Tischlerei gehen. Ich will den Baum betrachten. Will sehen, was er verdeckt. Ein Fenster vielleicht auf der anderen Seite? Wir betreten den Hof vor der Werkhalle und ich starre auf den Baum. Auf die Wand von der Halle. Nichts zu sehen. Ich drehe mich um – die Wand hinter mir ist eine rote Backsteinmauer. Knastmauer. Nichts. Etwas weiter oben – nichts. Auf der gegenüberliegenden Wand zur Halle, auf Höhe der Toreinfahrt. Da ist es. Das müssen sie gemeint haben. Eine Kamera.

Wir gehen am Baum vorbei zum Eingang. Auf Höhe der Toreinfahrt schaue ich zur Kamera rüber. Nichts. Oder alles. Alles grün. Die Baumkrone verdeckt die Kamera. Wenn sie beschnitten ist, sieht man wahrscheinlich die Einfahrt. Die Baumkrone verdeckt die Kamera. Die Kamera sieht nicht, was in der Toreinfahrt passiert. Und – sie sieht auch nicht was daneben, am Fenster, passiert. Mein Fenster. Mein Eingang. Wenn der Baum beschnitten wird, bin ich am Arsch. Ich muss mich beeilen. Jetzt. Es muss jetzt bald passieren. Mein Herz schlägt schneller. Habe ich alles? Wann genau, an welchem Tag? Wie genau? Habe ich alles? Fehlt was? Es gibt nur diesen einen Versuch. Nur einen.

Ich kann an nichts anderes mehr denken. Mein Maulschlüssel, mein Kabel, durch's Fenster reinklettern, über das Dach, mit der Flex durch den Zaun.

55

Die letzten Tage sind die Schließer extrem mürrisch und gestresst. Viele sind gar nicht da – vielleicht krank. Das ist gut für mich. Die Aufmerksamkeit sinkt in solchen Momenten. Ich muss es jetzt wagen – einen besseren Zeitpunkt bekomme ich nicht. Ich kontrolliere am Ende des Arbeitstages noch einmal vorsichtig, ob alles da ist. Die Schublade an der Werkbank kann ich nicht öffnen, das wäre zu auffällig – aber sie sieht aus wie immer. Die Leiter scheint noch da zu sein, aber Herold guckt die ganze Zeit so komisch. Ich wage es nicht, näher ran zu gehen und richtig nachzugucken.

56

Am nächsten Morgen bin ich lange vor'm Wecken wach. Ich gehe noch einmal jeden Schritt in Gedanken durch. Eigentlich ist mir alles klar, seit Monaten denke ich an nichts anderes, aber ich habe nur diese eine Chance. Als ich den Maulschlüssel aus seinem Versteck hole, fällt mir die Büroklammer entgegen. Ich stecke sie in die Hosentasche – vielleicht kann ich sie ja gebrauchen. Das Werkzeug stecke ich in meinen Schuh. Das Bettlakenseil hole ich aus der Matratze, indem ich die Naht mit einem Plastiksplitter auftrenne und wickle es ich mir eng um die Taille. Die restlichen Leinenfäden knülle ich zusammen und stecke sie mir in die Hosentasche. Damit es nicht verrutscht schlage ich das Ende ein. Der schlabbrige Pulli verdeckt es einigermaßen. Es wird reichen müssen.

Der Vormittag in der Tischlerei vergeht nicht – er ist wie Blei. Es dauert ewig, bis sich die Zeiger der Uhr bewegen. Ich bin angespannt. Ich darf nichts vergessen. Ich gehe zu Sauer. „Brauche Schraubendreher." – „Aha, wozu?" – „Verhakt sich Holz an Sägebrett und ich muss holen." – „Okay, warte." Er notiert auf einer Liste den Schraubendreher und zeichnet ab. Ich zeichne gegen. Dann bekomme ich das Werkzeug. Deutsche Pisser. Das war das letzte Mal, dass ihr mich mit eurem Ordnungspiss genervt habt. Heute gehe ich in die Freiheit. Eine Chance. Meine Chance. Gegen zwei Uhr gehe ich pissen. Ich bin allein im Klo und beginne mittels der Leinenfäden und Klopapier die Klos zu verstopfen. Es klappt. Alle Klos sind voll Wasser und man sieht nicht, warum. Ich kacke in eine Schüssel und pisse in eine andere und gehe dann nach unten zu Sauer: „Klo geht nicht." – „Wie?" – "Wasser läuft nicht." – „Scheiße." Sauer geht nach oben fängt laut an zu fluchen.

Als er wieder runterkommt berät er sich mit Herold. „Ich bin doch keine Klofrau, ich mach die Scheiße da nicht weg." – „Ich auch nicht, das sollen die vom Putzdienst machen, wozu haben wir die denn?" – „Aber erst später." – „Und wenn jemand auf's Klo muss?" – „Lass' uns unser Klo öffnen. Is' doch egal, ich hab' jetzt keinen Bock mich darum zu kümmern." Herold und Sauer sind sich einig.

Ich drehe mich um und gehe zum Sägetisch als ich das höre. Ich bin sehr zufrieden, so als hätte mir jemand einen runtergeholt.

Eine halbe Stunde vor Ende der Schicht nehme ich den Schraubendreher, den ich mir von Sauer habe geben lassen, schiebe ihn in meinen Pulliärmel und gehe zu Herold. „Muss pissen." – „Okay, geh' die Treppe hoch und dann immer geradeaus." Ich gehe zum Schließerklo. Allein stehe ich in dem weißgekachelten Raum und sehe mich kurz um. Klobecken, Waschbecken und so weiter. Alles wie überall. Die mitgebrachten Kaugummis stecke ich in den Mund und beginne zu kauen. Ich gehe zum Fenster und öffne es. Mit dem Schraubendreher zerstöre ich den Schließmechanismus, der sich an der Seite des Fensters befindet. Ich drücke das zerkaute Kaugummi auf den Fensterflügel, so dass es das Fenster mit dem Rahmen verbindet und schließe es vorsichtig. Der Fenstergriff zeigt nach unten, trotzdem schließt es. Wenn es keiner näher kontrolliert wird es nicht weiter auffallen. Ich gehe zurück zu den anderen und bringe den Schraubendreher wieder zur Werkzeugausleihe.

Die Paletten habe ich den ganzen Tag ca. zwei Meter versetzt zum normalen Stapelort gestapelt. So muss Streibel mit dem Gabelstapler nachher näher ans Fenster fahren. Da er heute noch zum Sport will, geht er ein bisschen früher mit der Sportgruppe – er wird gestresst sein und keinen Bock haben, die Paletten an einen anderen Ort zu fahren. Als Streibel los will und nur noch schnell den Stapler parken muss, merkt er, dass die Lücke jetzt ein bisschen zu klein ist. „Verdammte Scheiße, Branković, wo hast du denn die Paletten hingestapelt? Vollidiot! Ich mach' das nicht weg." Er schnauzt mich an. Schmidtke kommt dazu und macht beschwichtigende Handbewegungen. „Locker, Streibel, kann ja mal passieren." Er guckt zu mir, denkt wahrscheinlich, ich würde gleich ausrasten. Herold kommt: „Was ist denn los?" – „Der Arsch hat die Paletten falsch gestapelt. Ich muss jetzt aber los, zum Sport." Streibel schäumt vor Wut. Ich bleibe cool: „Sorry." Herold guckt mich an und zieht eine Augenbraue hoch. Ist wahrscheinlich verwirrt, dass ich mich entschuldige. „Mäßigen Sie sich, Herr Streibel. Herr Branković hat sich entschuldigt. Fahren Sie einfach den Stapler weiter nach vorne." Herold deutet Richtung Fenster.

Streibel knurrt, fährt dann aber den Stapler weiter vor. Das hat ja gut geklappt. Streibel steigt ab und guckt mich wütend an. Dann geht er zu den anderen, die sich bereits an der Kaffeemaschine versammelt haben. Ich gehe hinterher – schließlich will ich auch mit der ersten Gruppe raus.

Die, die noch Sport machen, gehen mittwochs immer etwas früher. Ich gehe mit und spreche draußen im Hof Sauer an: „Tabak vergessen. Kann ich?" Ich mache eine Kopfbewegung Richtung Tischlerei. Sauer seufzt. „Ja, aber beeilen Sie sich, wir wollen weiter." – Streibel fängt an zu meckern – wie vorauszusehen: „Nee, soll der doch mit den andern kommen. Hat er halt weniger Zeit für Sport." Sauer guckt genervt von ihm zu mir. Ich nicke. Sauer: „Okay, kommen Sie mit der zweiten Gruppe, aber Sport fällt dann heute aus." – „Okay." Ich drehe mich um und gehe Richtung Tischlerei zurück. Auf Höhe des Rolltores schaue ich mich um. Es ist niemand zu sehen. Die Fenster scheinen leer zu sein. Ich verschwinde mit einem schnellen Haken in den Rhododendronbüschen.

Nun heißt es warten und aufpassen. Zirka 15 Minuten später höre ich die anderen kommen. Sie labern und lachen und trotten hinter Herold her. Ich schaue ihnen nach und warte, bis sie im Durchgang verschwunden sind.

Ich lausche. Die Ruhe wird vereinzelt durch Rufe aus Richtung U-Haft unterbrochen. Aber hier ist alles still. In der Ferne steigt ein Vogel auf. Ich renne los. Ungesehen zur Tischlerei kommen.

Schneller, schneller. Meine Muskeln arbeiten wie ein Uhrwerk. Das Tor liegt vor mir. Rechts davon das Fenster, im ersten Stock darüber das Klofenster. Ich klettere über das Gitter am unteren Fenster, ziehe mich hoch, stoße mit der flachen Hand gegen das angelehnte Fenster. Wie erwartet schwingt es auf. Ich gleite hinein, schließe es schnell hinter mir. Ich bin drin. Jetzt Ruhe bewahren.

Ich lausche. Die Tischlerei liegt still da – keine Maschinen, keine Gespräche, noch nicht einmal ein Schlurfen von Füßen auf dem rohen Beton.

Lautlos drücke ich die Klinke herunter – langsam, ganz langsam – drücke gegen die Tür. Ich muss fester drücken. Die Tür – sie ist zu. Govno! Govno! Govno! Welcher Arsch hat denn die Tür verschlossen? Ruhig bleiben. Was jetzt? Die Büroklammer!

Ich nestle die Büroklammer aus meiner Hosentasche, fange an sie zu biegen, wie Milan es mir damals gezeigt hat. Zum Glück ist es keine Sicherheitstür – nur ein normales Schloss. Kein wirkliches Problem. Die Büroklammer rutscht mir aus den Händen. Ich spüre meine Aufregung. Zwei mal durchatmen, die Zeit muss sein, zwei Mal durchatmen. Ich schließe kurz die Augen und lehne meine Stirn an die kalten Kacheln. Weiter. Ich muss weitermachen. Die Klammer rutscht in das

Schlüsselloch, ich bewege sie ein bisschen nach rechts und links. Ein kleines Klicken – die Tür ist offen.

Der Gang ist leer. Meine Schritte klingen hohl auf den Fliesen, während ich in die Halle gehe. Der Gabelstapler parkt genau an der Stelle, wo Streibel ihn vorhin abgestellt hat.

Ich gleite hinter das Lenkrad – wie immer steckt der Schlüssel. Ich drehe ihn, der Motor geht an – das Cockpit leuchtet.

Ich drücke den Hebel – nichts bewegt sich. Ich nehme den anderen Hebel - die Gabel fährt hinauf. Als sie in der richtigen Position ist, halte ich sie an. Ich lausche in die Stille – nichts. Das sonore Schnurren der Gabel habe nur ich gehört.

Von den Paletten hole ich eine und platziere sie auf der Gabel. Drüben, hinter den Furnierhölzern, Spanplatten und den Reststücken, gehe ich auf die Knie. Sie ist noch da. Ich ziehe an den unscheinbaren Hölzern, die meine Leiter bilden.

Als sie ganz vor mir liegt, klappe ich sie auseinander. Ich befestige die Stufe mit dem umgebogenen Nagel, so dass eine Stufe arretiert und die Leiter nicht mehr zusammenklappen kann, und trage sie zum Gabelstapler.

Jetzt noch das Wichtigste – die Flex. Die alte Werkbank wirkt fast einladend, als ich die Schublade öffne - alles noch drin: Die Trennscheiben, die Flex. Das Klebeband klebt wie erwartet an der Unterseite von Popels Metalltisch.

Ich knie mich hin und ziehe die Kabeltrommel vor und bringe alles zum Gabelstapler. Mit meinem Maulschlüssel, den ich aus dem Schuh hole, heble ich die Aufputzsteckdose neben dem Tor aus der Wand. Mein Herz pocht. Mein Atem geht schnell. Ich ziehe am Kabel und wie erwartet löst es sich von den Plastikkabelschellen und fällt herunter. Ich gehe Richtung Palettenstapel und ziehe dabei weiter am Kabel. Als ich alles von der Wand habe, lege ich es neben dem Stapler ab.

Wie einen Gürtel schlinge ich mir das Stromkabel der Flex um die Hüften und verknote es so, dass das Werkzeug daran herunterbaumeln kann. Die Trennscheiben stecke ich mir ins T-Shirt unter mein Stoffseil. Sie sind kalt auf meiner schweißnassen Haut. Kalter Stahl auf meiner Haut. Den Stecker der Kabeltrommel. Ihn stecke ich in die Aufputzsteckdose und umwickle diese mit dem Klebeband. Es muss halten. Bitte halte!

Ich reiße mich aus meinen Gedanken und laufe zum Gabelstapler, stelle die Leiter an die Gabel und klettere hinauf. Die Leiter ist schwerer als erwartet, merke ich als ich sie hinter mir hinaufziehe. Die anderen Sachen lege ich ebenfalls auf die Palette. Die Kabeltrommel und die Steckdose mit dem Kabel dran. Den Maulschlüssel stecke ich wieder in meinen Schuh. Ich befördere die Gabel des Staplers nach oben. Die Palette schwebt jetzt ca. 1,5 Meter über dem Kabinendach. Ich stoppe sie, steige aus. Ich muss auf das Kabinendach kommen. Ich stelle mich in den Gabelstapler, und ziehe mich nach außen, drücke mich mit den Füßen ab. Es ist schwieriger als ich dachte. Meine Füße finden keinen Halt. Dann klappt es auf einmal. Ich ziehe mich hoch und hocke auf dem Dach. Als nächstes klettere ich auf die Gabel. Mein Fenster. Da ist es. Auf der Gabel stelle ich meine Leiter auf. Oben lehne ich sie an die Wand – genau unter das Fenster. Mein Fenster zur Freiheit.

In diesem Moment bricht die Sonne durch die Wolkendecke und eine rechteckige Sonne erscheint auf dem Hallenboden.

Mit dem Maulschlüssel heble ich das Fenster auf. Ich kann sie riechen - die Freiheit, mein Leben. Der Maulschlüssel - ich hoffe, dass er die richtige Größe hat. Ich schiebe das Ende des Werkzeuges über die Mutter – es passt. Nicht perfekt, aber der Schlüssel hat genug Halt. Ich beginne die Muttern zu lösen, die ein durch die Wand geführtes Gewinde halten. Diese halten ein Gitter, das von außen montiert wurde. Aber sie haben sich bei der Montage nicht besonders viele Mühe gegeben, die Muttern auf der Innenseite zu sichern.

Während ich über die Schrauben nachdenke, geht es auf einmal nicht mehr weiter. Eine Mutter sitzt fest. Ich ziehe am Maulschlüssel, aber es bewegt sich nichts. Ich beginne auf den Maulschlüssel zu schlagen. Nichts. Erst als ich mich daran hänge gibt er nach. Eilig löse ich die letzte Mutter vom Gewinde und lege die einzelnen Teile auf der Palette ab.

Hinter dem Fenster befindet sich das Dach des Anbaus.

Auf der Leiter stehend greife ich durch das Fenster und umfasse das Gitter. Langsam drücke ich das Gitter von der Außenmauer ab. Weiter. Langsam. Vorsichtig.

Das Gitter schiebt sich immer weiter weg. Die Gewinde sind von innen nun nicht mehr zu sehen. Noch ein kleines Stück - und das Gitter liegt schwer in meinen Händen, fast hätte ich es fallengelassen. Ich drehe es. Da das Fenster und damit auch das Gitter höher als breit ist, kann ich das Stahlgitter durch die Öffnung hieven und auf der Palette ablegen.

Als ich wieder auf der Leiter am Fenster stehe, blicke ich kurz nach draußen. Der Rasen ist leer. Auch das Basketballfeld liegt verlassen da.

Das Vordach befindet sich ca. 2m unter mir.

Ich ziehe Kabel von der Kabeltrommel und schlinge es um den Griff. Langsam lasse ich die Trommel herunter. Noch ein Blick. Keiner da. Ich klettere in das Fenster und lasse meine Beine hinaushängen. Mit der rechten Hand greife ich zur obersten Sprosse der Leiter und springe auf's Dach, ziehe gleichzeitig die Leiter mit nach draußen. Ein Holzspan bohrt sich in meinen Daumen. Sranje. Scheiße. Der Schmerz ist nicht wichtig. Weiter. Ich bin fast draußen. Ich ziehe die Leiter vorsichtig hinter mir her durch das Fenster.

Ich werfe mich sofort auf das nasse Dach. Niemand darf mich sehen. Ich robbe zur Kante, um auf den Hof zu schauen. Vorsichtig hebe ich den Kopf. Unten geht ein Schließer vorbei. Er schaut nicht hoch. Ich schiebe mich von der Kante weg und krieche bäuchlings zur gegenüberliegenden Seite. Meinen rechten Fuß habe ich hinter die erste Sprosse gehakt - so ziehe ich die Leiter hinter mir her. Die Kabeltrommel schiebe ich langsam weiter. Die Flex-Scheiben unter meinem T-Shirt drücken immer wieder in meine Haut, mein Seil, das Verlängerungskabel, die Flex, die hinterherschleift. Das alles macht das Kriechen beschwerlich. Als ich den Rand des Daches erreiche atme ich schwer.

Adrenalin strömt durch meinen Körper. Ich spanne jede Faser meines Körpers an. Langsam schaue ich hinüber, ob das Basketballfeld wirklich leer ist. Mein Timing ist perfekt – niemand zu sehen. Ich blicke auf den Zaun und auf die Freiheit dahinter. Felder. Bestellt mit Korn und Raps.

Jetzt keinen Fehler machen.

Ich ziehe die Leiter heran und lasse sie vorsichtig heruntergleiten. Der Aufprall ist lauter als gedacht. Ich bleibe liegen und lausche auf die Geräusche. Autos in der Ferne - die Autobahn. Ein Laster fährt nah an der Anstalt vorbei. Ein Hund bellt. Vögel krächzen – vielleicht Krähen oder so. Aus der Anstalt die üblichen Geräusche. Irgendjemand schreit. Irgendjemand lässt was fallen. Die Geräuschkulisse von zig Fernsehern weht leise herüber. Niemand scheint sich für das Geräusch der fallenden Leiter zu interessieren.

Jetzt die Kabeltrommel. Ich gebe noch mehr Kabel frei und binde wieder ein Stück um den Griff. Ich lasse sie herunter. Geschafft. Kein Problem, ihr Wichser.

Ich drehe mich auf den Rücken und nestle am Knoten meines Seiles herum. Der Scheiß geht nicht auf. Ich zerre, aber der Knoten sitzt fest. Mittlerweile bin ich komplett durchnässt. Der Regen von heute Nacht hat große Pfützen auf dem Dach hinterlassen, durch die ich kroch. Das Wasser ist auch in mein Seil gezogen. Der Knoten gleitet nicht mehr auseinander, er sitzt fest. Ich balle meine Fäuste und würde am liebsten laut schreien. Ich beiße mir auf die Zunge und atme tief durch. Einmal. Zweimal. Dreimal. Ich versuche es erneut. Vorsichtiger taste ich nach dem Knoten, finde die Enden und ziehe nun so, dass sich der Knoten löst.

Ich atme aus, entspanne fast für einen kurzen Moment. Mein Kopf fällt kurz nach hinten.

Die Trennscheiben lege ich neben mich. Nun wickle ich das Seil ab. Als es neben mir liegt, lege ich mir die Flexscheiben wieder auf den Bauch und stecke mein T-Shirt in den Hosenbund.

Bäuchlings robbe ich nun zur Ecke und befestige ein Seilende an der Regenrinne.

Ich werfe das Seil über den Rand und sehe, dass es fast bis nach unten reicht. Sehr gut. Ich lasse mich über den Rand gleiten und hoffe, dass das Seil hält.

Es hält. Es hält. Vorsichtig lasse ich mich hinab. Meine Armmuskeln brennen. Sie sind bis zum Bersten gespannt. Meine Füße stoßen an etwas: Die Dornen. Sie zeigen nach unten, trotzdem sind sie scharf und für mich gefährlich.

Ich gleite langsam weiter. Meine Arme schmerzen immer mehr. Das Gefühl, mich nicht mehr halten zu können, wird stärker, immer stärker.

Meine Füße sind an den Dornen vorbei. Sie befinden sich jetzt auf Höhe meiner Schienbeine. Ich spüre sie durch den Stoff meiner Hose. Es ist als würden sie lauern, warten auf ein Zögern, einen kleinen Moment, in dem meine Beine nur für ein paar Millimeter wieder nach oben schwingen. Dann wären sie da und würden mir das Fleisch zerschneiden. Das Blut würde meine Schuhe heruntertropfen und meine Arme würden nur einen kleinen Moment zögern, bis der übermächtige Schmerz meinen Griff lockert und ich in die Tiefe stürze. Blutend und mit gebrochenen Armen oder Beinen würden sie mich finden, die Ärsche. Würden lachen und sich eins feixen: „ Der kleine Ivo, das hat er nicht geschafft. Das war wohl nix, Ivolein." Meine Augen werden zu schmalen Schlitzen. Idioten. Allesamt Wichser. Nicht mit mir. Ich bin ein Löwe und ich schaffe es. Ich gestatte mir einen kurzen Gedanken an Kornfelder.

Ich gleite weiter hinab. Die Stahlspitzen liegen nun an meine Oberschenkeln, meinem Schwanz, meinem Bauch, den Rippen. Jetzt kommt der schwierigste Teil. Mein Körpergewicht hängt an meinen Armen. Schon viel zu lange. Trotzdem muss ich alle Kraft zusammennehmen und mich etwas abstützen, damit mein Hals und mein Gesicht sicher vorbeikommen.

Ich stütze mich ab, versuche mit einem Arm an die Mauer zu kommen, aber ich schaffe es nicht. Eine kleine Wunde entsteht, als ich meinen Arm vorsichtig wieder hochnehme. Scheiß Dornen, egal – weiter. Ich greife in die Stäbe, an denen die Spitzen befestigt sind und lasse mich hängen. Sie halten mein Gewicht. Ich schaue hinunter, noch ca. einen Meter und die Regenrinne hört auf, macht einen Bogen und läuft waagerecht an der Wand lang. Ich will das Seil wieder greifen und komme nicht dran. Es hat sich hinter die Dornenkrone gelegt und hängt nun dicht an der Wand. Ich lasse meine rechte Hand los und versuche an das Seil zu kommen. Ich kann mich kaum halten. Mein Atem geht kurz. Ich. Muss. Das. Schaffen. Noch ein Versuch. Ich. Muss. Das. Seil – in diesem Moment berühre ich mit meinen Fingerspitzen das Seil. Ich. Ich. Ich habe es. Ich habe es. Ich ziehe es zu mir rüber, greife fest zu. Nun hänge ich am Seil. Meine linke Hand umschließt es ebenfalls. Ich lasse mich hinabgleiten, kann mich kaum halten. Zirka einen Meter über dem Boden lasse ich los.

Ich habe keine Zeit mich auszuruhen. Ich muss zum Zaun. Ich drehe mich auf den Bauch und gucke nach rechts und links. Niemand zu sehen. Ich stehe auf und nehme die Leiter und die Kabeltrommel. Ich mache das letzte Kabel ab und laufe los. Zum Zaun. Zu meinem Ausgang.

Am Zaun. Ich stelle die Leiter gegen die Mauer. Die Höhe ist perfekt. Jetzt die Flex. Ich mache das Kabel von meinen Hüften ab und stecke den Stecker der Flex in die Kabeltrommel. Eine Flexscheibe ist bereits montiert. Ich steige auf die Leiter. Der Zaun. Jetzt. Ich drücke den Knopf an der Flex. Nichts bewegt sich. Kein Geräusch. Ich schüttle sie und knalle sie gegen die Mauer. Das kann nicht sein. Ich probiere es erneut. Jetzt geht sie. Die Flexscheiben werden sich wie Butter in den Stahl schneiden und mich rauslassen. Endlich. Freiheit. Die Flexscheiben berühren den Stahl. Er ist hart. Und zäh. Ich komme kaum weiter. Die erste Scheibe ist durch. Govno! Je länger ich hier stehe, desto eher werde ich entdeckt. Mein Herz schlägt immer schneller. Ich werde nervös. An meinem Hosenbund fummelnd hole ich eine neue Flexscheibe raus und montiere sie. Schnellspanner – zum Glück! Das dauert alles viel zu lange. Ich bearbeite den Stahl. Ich komme nicht durch. Die Scheibe verhakt sich und bleibt stecken. Ich muss die Flex rausziehen und wieder neu ansetzen. Diese Scheiße hier. Ihr Wichser. Verdammter Kack!

„Die Hände über den Kopf. Lassen Sie die Flex los."

Weitermachen, weitermachen. Ich hab's gleich.

„Lassen Sie sofort die Flex los und nehmen Sie die Hände über den Kopf."

Hände an meinen Beinen. Nein, ich kann es schaffen. Ich kann es schaffen. Sie zerren und ziehen. Ich muss nur die Flex aus dem Zaun kriegen. Ihr könnt mich. Ihr bekommt mich nicht.

Hände an meinem Armen. Viele. Zu viele.

„Lassen Sie die Flex los." Ein Schlag in die Kniekehlen. Ich sacke kurz weg, halte mich. Die Flex in der Hand. Jetzt erst merke ich, dass sie nicht mehr läuft. Sie geht nicht mehr. Sie haben den Strom unterbrochen. Ich starre auf die leblose Flex in meiner Hand. Die Hände zerren mich von der Leiter. Ich werde auf den Boden geworfen, meine Wange drückt auf die feuchte Erde. Ich rieche Erde während mir die Arme auf dem Rücken verdreht werden, Knie sich in meinen Rücken bohren. Sie legen mir Handschellen an. Sie haben mir den Strom abgestellt. Ich hätte es schaffen können. Aber sie haben mir den Strom abgestellt.

57

Die Erde riecht nach Morast. Alt. Nass. Mein Gesicht drückt sich in den Schlamm. Seitlich runtergedrückt von diesen Wichsern. Ich sehe meine Leiter. Ganz nah. Meine Leiter. Durch den Zaun. Frei. Govno. Govno. Govno. Sie haben mich. Der Strom war weg. Ein bisschen mehr Zeit. Nur ein bisschen mehr Zeit hätte ich gebraucht. Sie fesseln meine Handgelenke hinter meinem Rücken. Wahrscheinlich ein Kabelbinder. Dünn. Fest.

Schneidet ins Fleisch, wenn man die Arme zu sehr bewegt. Schmerz durchzuckt mich. Vorsichtig bewege ich meine rechte Hand, aber der Kabelbinder verhindert eine große Bewegung. Sie haben mich. Mich. Sie reißen mich hoch. Rechts einer. Links einer. Irgendwer sagt was. Wir gehen los. Ich stolpere. Will nicht weg von meinem Ausgang. Aber sie sind stärker. Weg von meiner Leiter. Meiner Freiheit. Ich will mich umdrehen. Sie stoßen mich weiter. „Nix da, geradeaus." Ihre Hände liegen auf meinem Rücken und auf meinen Armen. Sie sind zu dritt. Arleburg, Drkadžija - Wichser. War ja klar, Šupak. Tripke, der Vollidiot. Und noch so'n Nazi.

Sie biegen meine Arme hinter meinen Rücken, drücken meine Hände hoch und bringen mich weg. Mich, den Löwen.

Govno. Govno. Govno. Sie stoßen mich weiter. Durch eine Schleuse und einen Gang. Türen werden auf- und zugeschlossen. Ein kalter Raum umgibt mich schließlich. Ihr Wichser. Kacheln und eine Matratze, mehr ist nicht drin. Sie drücken mich auf die Matratze am Boden. Ein Knie bohrt sich in meinen Rücken. Die Kabelbinder werden aufgeschnitten. Aber ich kann mich trotzdem nicht bewegen. Überall Hände von diesen Nazi-Wichsern. Ich werde gedreht. Meine Arme und Beine werden am Boden gefesselt. Ich spucke. Arleburg kriegt was ab, der Wichser hat es auch nicht anders verdient. Plötzlich greift jemand von hinten unter meinen Kiefer und zieht meinen Kopf nach hinten. Ich kann mich nicht mehr bewegen, noch nicht mal spucken.

Irgendwann ist es vorbei. Ich liege da. Die Schließer-Ärsche sind gegangen. Ich bin hier, da draußen mein Zaun. Fast hätte ich es geschafft. Fast. Wie ein Tier liege ich hier. Die Wichser. Ich mach' euch alle fertig. Irgendwann kriege ich euch. Ich hasse euch. Fesselt mich hier. Mich. Šupak.

58

Abends kommen sie zu dritt. „N'abend Herr Branković, haben Sie sich wieder beruhigt?" Ich blicke ihn verächtlich an. Tripke. Irgend so ein Arsch, den ich nicht kenne, steht glotzend neben ihm. „Wir wollen Ihnen jetzt die Fesseln lösen. Geht das klar oder fangen Sie wieder an zu spucken oder treten?" Ich starre ihn an. Šupak. „Ich brauch 'ne Antwort, Herr Branković, ansonsten bleiben Sie die ganze Nacht so liegen. Mir ist das egal." Ich nicke: „Da." – „Was soll das heißen? Ja, Sie spucken und treten oder ja, Sie bleiben ruhig?" Der Arsch genießt das hier. Wichser. „Ruhig." Sie nehmen mir die Fuß- und Handfesseln ab. Es fühlt sich gut an. Wie ein kurzer Moment der Freiheit. Die drei gehen. Ich bleibe zurück. „Will in Zelle." Tripke dreht sich auf Türschwelle um. „Herr Branković, Sie haben versucht auszubrechen. In Ihre Zelle kommen Sie jetzt nicht mehr, das ist doch wohl klar. Sie bleiben hier im bgH und dann werden Sie in eine andere Justizvollzugsanstalt verlegt." Er geht. Eine Gittertür fällt ins Schloss. Dann eine zweite Tür. Ein Schlüssel dreht sich. Zwei Türen. Stille.

Ich hocke mich an die Wand. Starre auf die Fliesen. Gelbe Fliesen. Auf die Ösen im Boden, an denen die Fesseln festgemacht wurden. Auf die Matratze. Oben in der Ecke hängt eine Kamera. Mit einem Schutzgitter darum. Sie hängt hoch. Zu hoch, um ranzukommen. Es gibt kein Klo. Nur ein Loch im Boden. Wichser. Holen sich vor der Kamera einen Runter, wenn ich kacke, oder was?

Sieht aus wie ein Schlachthaus. Fliesen bis unter die Decke und ein Loch im Boden zum Kacken.

Irgendwann geht eine äußere Tür auf. Das innere Gitter bleibt zu, aber durch einen Schlitz können Tabletts durchgesteckt werden. Tabletts mit Fraß. Das Tablett sieht aus wie immer - der Fraß auch. Kein Besteck. Auf den Brotscheiben ist bereits Butter, Käse und Wurst liegt daneben.

Graues Brot, grauer Käse, graue Wurst. Graue Matratze im Boden. Graue Fugen zwischen den gelben Fliesen. Graue Wichser. Ich esse nichts. Govno. Ich war so nah dran. Fast war ich raus.

Irgendwann kommt einer. „Geben Sie das Tablett bitte wieder durch den Schlitz zurück." Ich fixiere ihn. Er ist jung. Er ist unsicher. Ich sitze auf dem Boden neben dem Kacktablett. „Hol dir." – „Ich fordere Sie ein letztes Mal auf, bitte geben Sie das Tablett durch den Schlitz zurück." Ich bleibe sitzen. Was will er schon machen? Die kleine deutsche Made. Wenn er reinkommt, hau ich ihm in die Fresse. Ich bin größer und stärker. Er kann mir gar nichts. Er geht einen Schritt in den Gang zurück und schließt die Tür. Einen Moment lang ist Stille. Dann geht die Tür auf, das Gitter auch. Zu viert stehen sie auf einmal vor mir. Reißen mich hoch, drücken mich auf die Matratze und fesseln mich am Boden. Der Kleine kommt und nimmt das Tablett weg. Govno. Er wusste das. Er hat mich provoziert. Der Arsch. Šupak.

Es wird dunkel. Irgendwo leuchtet eine Notbeleuchtung. Ich merke, dass ich pissen muss. Aber ich bin noch gefesselt. Ich halte die Pisse zurück. Aber das geht nicht mehr lange. Die Kamera. Sie sehen was ich mache. „Muss pissen." Ob sie mich hören? „Ey, muss pissen." Keiner kommt. Minuten vergehen. „Ey." Nichts rührt sich. Kein Geräusch vor der Tür. Nichts. Schweine. Sie wollen, dass ich mir in die Hose pisse. Govno. „Ey." Nichts. Ich kann es kaum noch zurückhalten. Der Druck wird größer. Nazi-Ärsche. Lassen mich in die Hose pissen. Es ist kaum noch auszuhalten. Der Druck steigt. Scheiße. Ich beiße mir auf die Unterlippe, um meine Aufmerksamkeit darauf zu lenken. Govno. Ich beiße fester zu. Es schmerzt. Es hilft nichts. Ich merke es. Es wird gleich nicht mehr gehen. Ich bewege meine Füße, aber es ist zwecklos.

Irgendwann geht es nicht mehr. Die Pisse strömt warm mein Bein entlang. Erleichternd. Ich hasse sie. Das ist alles, was ihr habt? Ein bisschen Pisse? Ich liege in meiner Pisse. Nazis. Schließer-Ärsche. Ich liege in meiner Pisse. Drkadžija. Wichser.

Irgendwann geht die Tür auf. Hinter dem Gitter erscheint der kleine Wichser. „Müssen Sie mal auf's Klo?" Ich starre ihn an. Meine Augen verengen sich. Draußen hättest Du jetzt meine Faust im Gesicht. Drkadžija. Wichser. „Nein? Wenn was ist, melden Sie sich einfach." Er geht. Die Tür schließt sich.

Stille. Normalerweise würde ich jetzt rennen. Oder versteckt irgendwo die Nacht verbringen. Aber nichts ist normal. Govno. Ich starre an die Decke. Ich habe es nicht geschafft. Das habe ich nicht verdient. Der Plan war gut. Ich hätte es schaffen können. Ich.

59

Irgendwann wache ich auf. Ich liege eigenartig unnatürlich – unbequem. Drehe mich am Besten herum – es geht nicht. Ich bin irgendwie gefesselt. Schlagartig ist meine Erinnerung wieder da. Ich bin gefesselt. In dieser Kackzelle. Sie haben mich in die Hose pissen lassen. Sie haben mich. Ich habe es nicht geschafft. Meine Augen brennen. So, als wäre hier heißer Wind. Oder Schwimmbadwasser mit Chlor. Ich drehe meinen Kopf zur Seite und starre auf die Wand. Eine Notbeleuchtung ist an. Die hässlichen Fliesen sehen grau aus. Alles grau hier.

„Warum trägst Du in letzter Zeit immer was Graues?" – „Ivo, Deutschland ist grau. Wenn Du nicht auffallen willst – trag grau." – „Schwachsinn." Wir sitzen nun schon seit drei Tagen vor diesem Haus. Es ist immer das Gleiche: Wir sitzen dort und machen uns einen Plan, wann die Leute weg sind und wann zu Hause. Nach einer Woche weiß man so ziemlich alles über diese Menschen: Wann sie einkaufen, joggen, arbeiten. Nach einer weiteren Woche gehen wir rein. Nehmen alles mit, was

sich lohnt und dann sind wir verschwunden. Dann geht es zum Mongolen. Er kauft uns das Zeug ab.

Die Deutschen nehmen es nicht so genau mit gekippten Fenstern. Aber auch ein geschlossenes wäre natürlich kein Problem. Seit wir in Deutschland sind, ist es immer das Gleiche.

Es kotzt mich an. Zoran kotzt mich an. Er rülpst, er furzt, er hinterlässt Gerüche und Geräusche überall. Er schmatzt beim Essen. Während er isst spricht er – immer. Brocken von Essen fliegen durch die Luft und treffen alles in seiner Nähe. Ich sitze in seiner Nähe. Jeden Tag. Jeden Tag treffen mich seine fauligen Essenbrocken. Jeden Tag hasse ich ihn ein bisschen mehr. Abends geht es zurück. Ein Freund von Zoran hat uns im Puff von Mikolaj untergebracht. In einem Hinterzimmer können wir pennen. Dafür passen wir auf die Nutten auf, wenn wir da sind. Mikolajs Huren sind in Ordnung. Kochen für uns. Reden mit uns.

Natascha. Natascha hat lang blonde Haare, rote Fingernägel, große Titten. Natascha. Sie kocht immer Eintöpfe und redet viel. Redet über Freier, über Mikolaj, über Mode, über Paris. Da will sie unbedingt mal hin. Paris. Und Schuhe kaufen. Ab und zu ficken wir. Nur so zur Abwechslung. Natascha bringt mir deutsch bei. Sie sagt, ich müsse deutsch können: „Lerne, Ivo, lerne, dann bringst Du es zu was." Sie hat noch Hoffnung für mich.

Und Zoran. Zoran säuft wie ein Loch und prügelt sich viel. Manchmal kommt er grün und blau geschlagen zurück in den Puff. Manchmal hole ich *ihn irgendwo ab oder haue ihn raus. Zoran macht Ärger. Zoran kann man nicht vertrauen.*

Wir beobachten Haus Nummer 15 seit vier Tagen. Großes Einfamilienhaus, Garten mit hohen Bäumen, kleine Auffahrt. Sieht teuer aus. „Zoran, wir wissen alles. Lass' uns reingehen." – „Dieses Haus ist anders. Ich habe einen Auftrag." – „Was für einen Auftrag?" – „In diesem Haus ist ein Safe. Weiß ich vom Mongolen." – „Aha." Der Mongole und Zoran dealen also hinter meinem Rücken irgendwas.

Eine Woche später waren wir wieder bei Nummer 15. Wir parken ein Stück die Straße runter und warten darauf, dass die Frau das Haus verlässt. Nach 10 Minuten ist es soweit: Sie fährt mit ihrem BMW auf die Straße und verschwindet hinter der nächsten Ecke. Wir laufen zum Haus. Ein kurzer Blick in alle Richtungen: Die Straße ist leer. Schnell klettern wir über den Zaun und hocken uns hinter die Büsche, die rechts von der Einfahrt stehen. Wir blicken auf das Haus. Keiner da. Er arbeitet immer lang – bis spät nachts. Mehr Leute gibt es hier nicht – nur sie und ihn.

Zoran deutet auf die rechte Seite vom Haus. Da entlang gelangt man nach hinten. Über die Terrassentür wollen wir rein.

Alles läuft wie geschmiert: Zoran stemmt die Tür auf. Wir fangen an, alles zu durchsuchen. Meine Sporttasche füllt sich mit Handys, Notebooks,

Uhren und Schmuck. Zoran sucht den Safe. Er wird immer nervöser. Reißt alle Bilder runter, rückt Kommoden von der Wand und hebt Teppiche an. „Lass' uns gehen, Zoran, wir sind schon zu lange hier." – „Nein, ich brauche den Safe." – „Sag' dem Mongolen, es war keiner da." – „Sowas sagt man dem Mongolen nicht." Zoran guckt mich an. So, wie er mich noch nie angesehen hat. Er wird nicht gehen, bis er den Safe gefunden hat. Ich stelle meine Tasche an die Terrassentür und helfe beim Suchen. Aber da ist keiner. Nirgends. „Zoran, wir müssen los." Aber er hört nicht auf mich. Als wir nochmal oben alles durchwühlen, hören wir, wie unten die Haustür geöffnet wird. Wir schleichen uns zur Treppe und sehen sie Richtung Wohnraum gehen. Langsam. „Ach, du meine Güte," höre ich sie sagen. Zoran guckt mich an. Seine Augen blitzen. Wenn sie die Bullen holt, ist es aus. Er geht die Treppe runter. Bedächtig und lautlos. Bevor sie das Telefon in der Hand hat, hat Zoran sie von hinten geschnappt. Eine Hand liegt auf ihrem Mund, die andere drückt auf ihre Kehle. Ihre Arme zappeln, ihre Beine verlieren den Halt, weil Zoran sie nach hinten zieht. Er zischt ihr irgendwas zu. Er guckt über die Schulter zu mir und deutet mit einer Kopfbewegung auf einen Schal, der auf einer Kommode liegt. Ich nehme ihn und verbinde ihr die Augen. Zoran dreht sie um und setzt sie auf einen Stuhl. „Wo ist Safe?" sagt er zu ihr. „Wir haben keinen." Ihre Stimme zittert. Ich sehe die Pfütze auf dem Boden. Vor Angst hat sie sich in die Hose gepisst. „Bloß weg hier." Ich gucke Zoran an. Scheiß auf den Mongolen. Es reicht, wir müssen *hier raus. „Wir warten auf ihren Alten." – „Haben sie dir ins Gehirn geschissen? Die Bullen..." – „Die Bullen," er fällt mir ins Wort und lacht, „die kriegen doch nur die Polacken. Oder die Nigger. Aber uns doch nicht. Oder bist du ein Feigling? Soll ich Marko anrufen und ihm sagen, dass sein scheiß Feigling Ivo hier ist und vor den Nazi-Bullen Angst hat?" Er lacht hämisch.*

Die Frau wimmert und heult. Zoran geht zu ihr und knallt ihr eine: „Ruhe!" Sie zuckt und heult fast lautlos weiter.

Zoran fängt an im Haus hin- und herzulaufen. Wie ein Tiger in einem Käfig. Was ihm in die Quere kommt wirft er um: Vasen, Bilderrahmen, Schalen und so kleinen Dekokram, wie Frauen ihn mögen. Ich habe Zoran schon mal so erlebt. Besser man kommt ihm jetzt nicht zu Nahe. Als er wieder neben der Frau steht zieht er eine Waffe. Irgendeine Pistole. Seit wann hat er die denn?

Ein Schlüssel dreht sich im Schloss. Die Tür geht auf. Noch ein Schlüssel. Das Gitter wird geöffnet. Zu dritt stehen sie neben mir, lösen meine Fesseln, ziehen mich hoch. „Guten Morgen, Herr Branković." Der Kleine stellt ein Tablett mit Frühstücksfraß auf den Boden. „ Wir bringen Ihnen Ihr Frühstück. Im Anschluss können Sie unter Begleitung in ein Bad gebracht werden, wo Sie sich frisch machen können." Sie lassen mich los und verlassen den Raum. Gitter und Tür schließen sich. Das Frühstückstablett starrt mich an. Grauer Fraß. Wie gestern. Wie letzte Woche. Wie jeden Tag in diesem verfickten Knast.

Mein Magen knurrt. Ich setze mich auf den Boden und trinke Kaffeeplörre. Das Brot schmeckt wie es aussieht: grau.

Irgendwann wieder der Schlüssel im Schloss, die Tür. „Herr Branković, bitte geben Sie das Tablett durch das Gitter zurück." Ich starre ihn an. Wir wissen beide was passiert, wenn ich es nicht mache. Ich stehe langsam auf, lasse ihn nicht aus den Augen während ich zum Gitter gehe. Das Tablett in meiner Hand kracht kurz über dem Schlitz ans Gitter. Wir stehen uns gegenüber. Er rührt sich nicht. Ich nehme das Tablett und schiebe es durch den Schlitz. Er nimmt es und geht. Die Tür schließt sich, der Schlüssel dreht sich. Ich bin allein. Eingesperrt in diese Scheiße hier. Und ich kann nichts dagegen machen.

Zoran, du Arsch. Du hast Scheiße gebaut. Drkadžija - Wichser.

„Was machst Du da mit dem Baseballschläger?" Ich finde Zoran im Keller, angelockt durch die Schreie von diesem Typen, der sich auf dem Boden zusammenkauert. Ich will hier nur weg. Zoran dreht immer mehr durch. Und ich weiß nicht, was für einen Deal er mit dem Mongolen hat. „Ich will, dass er redet. Bist Du jetzt ein Mädchen?" Zoran grinst mich an. Schmierig. Im nächsten Moment schlägt er wieder zu. Auf die Finger. „Der weiß doch nichts, lass' uns los." Zoran stellt sich vor mir auf. Dicht. Zu dicht. Seine Spucke trifft mich beim sprechen: „Wenn der Mongole sagt, es gibt einen Safe, dann gibt es auch einen Safe."

Zoran dreht die arme Sau auf den Rücken und springt auf seinen Brustkorb. Einmal. Zweimal. Rippen knacken unter seinem Gewicht. Der Typ röchelt. Spuckt Blut. Zoran dreht sich zur Treppe, kommt dann zurück und tritt nochmal zu. „Los Zoran, gehen wir zu der Schlampe."

Der Schlüssel im Schloss, die Tür geht auf. Zu dritt kommen sie rein. „Herr Branković, Sie können jetzt ins Bad. Anschließend bringen wir Sie zum Vollzugsleiter. Dort werden Sie erfahren, wie es weiter geht."

Das Bad ist eine Kackzelle mit Waschbecken und Klo. Wenigstens kann man hier richtig kacken und muss sich nicht über dieses Loch hocken.

60

Später bringen sie mich zu der Fotze mit den Nuttennägeln. Tripke ist auch da. Und Arleburg, der Arsch. Und noch zwei weitere Nazi-Schließer. Drkadžija - Wichser.

„Herr Branković, Sie sind bei einem Ausbruchsversuch gestellt worden. Aus diesem Grund sind sie in dieser JVA nicht länger tragbar. Sie werden daher verlegt..." Sie labert irgendeine Scheiße, die ich schon lange weiß. Fragt mich, wo ich den Maulschlüssel versteckt habe – ich sage gar nichts. Ihre ganzen beschissenen Fragen kann Sie sich wohin stecken.

Irgendwann ist es vorbei. Die Idioten bringen mich zurück in das gekachelte Rattenloch.

61

Zwei Tage später setzen Sie mich in einen dieser Kackbusse. Wir fahren stundenlang, ich habe schon vergessen, wohin. Als wir da sind beginnt alles von vorn. Immer dasselbe. Immer wieder. Das Gelaber am Anfang, irgendein Knast-Arzt, Billigjeans und irgendeine verfickte Zelle. Aber gleich eine für mich allein. Wollen wohl kein Risiko eingehen. Ist auch besser so. Hab' auf irgendein Gelaber von irgend so 'nem Junkie kein Bock.

62

Hof. Alles wie immer. Gleichförmig. Ein Knast wie der andere. Gleichförmige Scheiße. Ein Nazi-Schließer steht am Durchgang. Raucht. Labert was in sein Walkie-Talkie. Šupak. Arschloch. Scheiße hier. Govno.

Ein Schmetterling setzt sich auf den Rasen vor mir. Braune Flügel mit einem Kreis drauf.

Zinka lacht. Ihr strahlendes Lachen. „Komm Ivo, komm schon." Sie trägt nur Unterwäsche und will mich überreden im Kruščica zu baden. Bis zu den Waden ist sie drin. Dreht sich zu mir um. Spritzt mit Wasser. Die Sonne ist heiß. Ich stehe am Rand. Teste die Wassertemperatur. Scheiße, das Wasser ist eiskalt. „Verdammte Scheiße, is' das kalt." – „Komm' schon, Ivo. Sei kein Feigling." Und wieder dieses Lachen. Die Sonne in ihrem Haar. Das Lachen. Ihr Grübchen auf der Wange. Ich gehe rein und versuche ihre Arme zu erwischen. Sie festzuhalten, so dass sie nicht mehr mit Wasser spritzen kann. Aber es gelingt nicht. Sie ist zu schnell. Lockt mich immer weiter in den See hinein.

Die Wasseroberfläche erreicht ihren Slip. Zinka. Ich merke, dass ich einen Ständer bekomme. Sie schaut mich nur an und lacht. „Na, komm schon." Lächeln. Sie streckt mir leicht ihren geilen Arsch hin. Zinka. Ich wate zu ihr und küsse sie. Zinka, meine Liebe. Irgendwann später liegen wir am Ufer, auf dem Rasen. Die Sonne wärmt uns. Ein Schmetterling kommt und setzt sich auf ihr Haar. Aber – sie bewegt sich und der Falter fliegt weiter.

Ich starre vor mich hin und merke eine Träne in meinem Auge. Zinka. Eine zweite Träne.

Dann steht auf einmal einer neben mir, ich registriere ihn kaum. „Heulst du?" Mein Kopf explodiert. Aufstehen. Meine Faust landet in seinem Gesicht. Ungebremst. Unter meinen Fingern knackt es. Ich schlage zu. Noch einmal. Egal wo ich ihn treffe. Noch einmal. Govno. Šupak. Ich heule nicht. Haut platzt. Blut läuft. Die Nase knackt. Noch einmal. Leute kommen angerannt. Ich nehme es irgendwie wahr, aber es ist mir egal. Er liegt am Boden. Ich sitze auf ihm und schlage in seine Fresse. Noch einmal. Der Kiefer gibt nach. Seine

Kackfresse wird zu rotem Brei. Meine Hände sind mit seinem Blut bespritzt. Ich kann nicht aufhören.

Schreie. Neben mir. Hinter mir. Wie durch Watte. Ich höre meinen Namen. Weit weg. Irgendwas zerrt an mir. Hände. Ich schlage zu – aber meine Arme erreichen ihn nicht mehr. Ich trete, aber auf meinen Beinen sitzt jemand. Mit dem Rücken liege ich im Gras. Tretend. Schlagend. Aber ich treffe nichts mehr. Leute um mich herum. Šupak. Schließer-Ärsche. Brüllen. Einer verdreht mir den Arm. Lächerlich. Ich spüre keinen Schmerz. Ich versuche ihm eine zu verpassen – aber ich komme nicht an ihn ran. Dann werde ich gedreht. Meine Arme werden hinterm Rücken gefesselt. Ihr Wichser. Ich kämpfe. Seht ihr das? Ich kämpfe. Ihr Wichser. Ihr Maden. Ich kämpfe. Ihr kriegt mich nicht. Meine Bewegungen werden schwerer. Langsamer. Ich merke, dass ich nicht mehr kann. Meine Kraft lässt nach. Bin erledigt. Ich kämpfe noch, Ihr Wichser. Šupak. Aber ich kann nicht mehr. Muss weiter kämpfen. Meine Arme sind schwer. Wie Blei. Ich höre meinen Atem. Meine Lungen krampfen sich zusammen und lechzen nach Luft. Sie haben mich. Sie glauben, dass Sie mich haben. Mich. Eingesperrt in dieser Scheiße. Diesem Kackloch.

Sie reißen mich hoch und bringen mich zur Schleuse. Rein in das Gebäude. Durch einen Gang. Ihr Wichser. Ihr habt mich nicht. Ich komme hier raus. In die Freiheit. Über einen Zaun. Oder unter einem durch. Mit einem Wäschewagen oder über die Küche.

Ich brauche nur einen Plan...

Zeitfracht Medien GmbH
Ferdinand-Jühlke-Straße 7
99095 Erfurt, Deutschland
produktsicherheit@kolibri360.de